사랑모아 사람모아

동네 의사 백 원장의

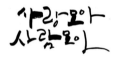

사랑모아
사람모이

2쇄 발행 | 2016 년 10월 15일

지은이 | 백승희
펴낸이 | 신중현
펴낸곳 | 도서출판 학이사
　　　　출판등록 : 제25100-2005-28호
　　　　주소 : 대구광역시 달서구 문화회관11안길 22-1(장동)
　　　　전화 : (053) 554~3431, 3432
　　　　팩스 : (053) 554~3433
　　　　홈페이지 : http : // www.학이사.kr
　　　　이메일 : hes3431@naver.com

ISBN _ 979-11-5854-035-7　03810

백승희 지음

동네 의사 백 원장의

사랑모아
사람모이

學而思 | 학이사

'사랑모아 사람모아'를 펴내며

어느 시대에든 젊은이와 기성세대 간의 세대 차는 있었다. 우리가 사는 요즘 시대는 그 차이가 더 심해졌다고 한다. 하지만 나는 SNS라는 공간을 통해 세대 차를 얼마든지 줄일 수 있다고 생각한다.

이 시대의 젊은이들은 실시간으로 자신의 의견을 댓글로 올려 서로 소통을 할 수 있는 인터넷 방송을 좋아한다. 오락도 혼자서 하던 전자오락보다는 여러 명이 팀을 이루어 얘기를 주고받으며 하는 컴퓨터 게임을 좋아한다.

그리고 SNS를 통해 자신이 좋아하는 스타의 일거수일투족을 다 파악하고 있다. 어떤 옷을 입으며, 어떤 음식을 좋아하는지, 오늘은 무슨 일을 했는지를 알고 행동 하나하나에 열광하며 전폭적인 지지와 사랑을 보낸다.

그래서 나는 어린 학생들이나 젊은 친구들과 페이스북이나 인스타그램을 통해 소통한다. 그들이 어떤 생각을 하고 있으며, 어떤 고민이 있고, 무엇에 열광하고, 무엇을 싫어하는지 그들의 마음을 이제 조금은 알 것 같다.

요즘 젊은이들은 기성세대에 많은 실망을 하고 있다. 삼포세대니 뭐니 하며 고민도 많다. 앞날의 비전을 제시하고 희망을 주지 못하는 우리 어른들에게 실망도 한다. 때로는 SNS를 통해 울분을 표출하기도 한다. 그럴 때면 기성세대의 한 사람으로서 미안하다. 그들에게 희망을 줄 수 있는 어른이 되어야겠다고 다짐해 보기도 한다.

사실 나는 그동안 의사로서 또는 사회인으로서 그저 열심히만 살아가면 된다고 생각했다. 그런 내가 세상과 소통하기 위해 페이스북에 글을 올리기 시작하면서 자신을 다시 한 번 되돌아보는 계기가 되었다.

늘 바쁜 생활의 연속인 나를 잘 아는 지인들이 묻는다. 언제 환자 진료하고, 언제 사회 활동하며 글까지 올리느냐고.

　페이스북에 글을 올리는 작업은 내가 좋아서 하는 일이다. 글을 올리는 순간 만큼은 모든 일을 잊고 글에 집중할 수 있어서 너무나 즐겁다. 바쁜 와중에도 앉은 자리에서 잠시 짬을 내어 스마트폰이나 컴퓨터를 통해 전국 방방곡곡, 아니 전 세계의 페친들과 소통할 수 있는 기적을 경험할 수 있으니 이 얼마나 경이로운 일인가?

　그래서 지금까지 내가 올린 글들을 간추려 한 권의 책으로 엮기로 했다. 그래서 페이스북과는 다른 새로운 방법으로 세상과 소통하면 좋겠다는 생각을 하게 되었다.

　의사로서 나의 철학과 환자들과의 에피소드, 내게 감명을 주었던 책과 영화, 의료 봉사활동을 하면서 느낀 점, 내가 살면서 만난 다양한 사람들과 후원하는 운동선수들, 나의 학창 시절과 내가 할아버지가 되면서 경험한 소소한 일상 등 나의 모든 것을 페

이스북에서 소개했던 글들을 엮어 여러 사람들과 함께 소통하고
싶었다.

　책을 출판하겠다는 생각을 하면서부터 페이스북에 올리는 글
도 길어지기 시작했다. 글 하나를 포스팅하는 데 많은 정성이 들
어가게 된 것이다. 심지어 어떤 글은 포스팅 한 번 하는 데 여섯
시간이 걸리기도 했다.

　주위의 권유도 있었으나 책은 유명한 사람이나 글을 전문으로
쓰는 사람들만 내는 것이지 동네 의사에 불과한 나와는 상관이
없는 것으로 생각했었다. 그러다가 'why not?' '내가 책을 못 낼
이유는 또 뭐가 있겠어?' 라는 생각이 들었다. 그리고 기왕에 책
을 낼 거면 몇 권 찍어내어 지인들에게 한 권씩 선물하는 차원이
아니라 제대로 된 책을 만들어 전국의 독자들을 만나보자. 다행
히 많은 사람들이 내 글을 읽어 즐겁고, 더불어 이윤이 생긴다면
그 수익금을 내가 운영하는 복지재단에 전액 기부하여 좋은 일

하는 데 더 보탬이 되도록 하자! 라는 생각에까지 이르게 되었다. 이 책은 문학서도 전문서도 아니다. 오직 내 삶의 일부를 기록한 것이다. 올린 글을 다 실으면 백과사전 한 권 분량이 될 것이다. 그중에서 병원 이야기와 어릴때부터 의과대학을 다니던 시절까지, 현재 내가 아끼고 사랑하는 사람들, 그리고 내 인생에 큰 영향을 끼친 삼국지에 나오는 영웅호걸들의 이야기에서 몇 편씩을 뽑았다.

다행히 이 책이 많은 독자들과 소통이 된다면 다음부터는 내용 별로 엮어 좀 더 깊은 이야기를 나누고 싶다. 내가 의사로 살면서 가지는 생각이나 겪은 일화, 감명 깊게 읽은 책이나 영화, 여행을 하면서 받은 감흥 등 이야기는 무수히 많다

"아무 것도 하지 않으면 결코 아무런 일도 일어나지 않는다." 라는 말이 있다. 페이스북을 하지 않았더라면 결코 일어나지 않았을 기적 같은 일들이 지금 내게 일어나고 있다.

다행히 이 책이 독자들에게 많은 사랑을 받게 된다면 더할 수 없이 좋겠지만 그렇지 않은들 어떠하겠는가. 내 나이 쉰이 넘어 인생의 반환점을 지난 이 시점에서 지금까지 살아온 나의 일상과 생각을 정리한 책 한 권쯤 가질 수 있다면 이 또한 아주 의미 있는 일이 아니겠는가.

미래는 꿈꾸는 자의 몫이다.

나는 이 책으로 인해 또 한 번 새로운 꿈을 꾸며, 또 다른 새로운 일을 시작할 것이다.

이 책을 읽는 모든 분들도 새로운 꿈을 꿀 수 있기를 기대한다.

2016년 가을에

백승희

2

한쪽은 서비스입니다

3

언제나 영화처럼

4

날아라 슈퍼보이

5

삼국지 깊이 읽기

1

여기서
이러시면 안 됩니다

직업별, 유형별 환자에 대한 분석

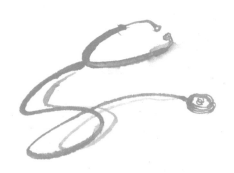

　　개원의를 하면서 15년 동안 매일 100명 이상의 다양한 사람을 만났다. 내가 만났던 다양한 사람들의 직업별, 유형별 특성에 대해서 분석해 보았다.

사례1　수출을 전문으로 하는 중소기업 사장님

　이런 직종에 종사하시는 분들은 대부분 자기 맘대로 내킬 때마다 한 번씩 병원에 오신다.

　백 원장　요즘 왜 이리 뜸하셨어요? 치료 자꾸 빠지시면 안 되는데….

사장님 　요즘 이집트에서 수주가 들어와서 주문이 밀려(상품 만드느라) 병원 올 시간이 없었어요.

백 원장 　아유~ 좋은 소식이네요, 돈 많이 버셔야죠.

사례2 　**고등학생**

　대부분의 고등학생은 진료 대기 중 책을 보면서 시간을 보낸다. 대기시간마저 아까운 학생들이라 가능하면 빨리 치료받고 갈 수 있도록 편의를 봐 준다.

백 원장 　그래, 요즘 허리는 좀 어떠노?

학생 　좀 좋아지긴 했는데 하루 종일 책상에 앉아 있으니 허리가 또 안 좋아지는 거 같아요.

백 원장 　(그렇다고 수험생더러 책상에 앉아 있지 말라 할 수도 없고…) 공부하다 수시로 일어나서 허리 스트레칭이라도 열심히 하거래이.

사례3 　**술자리가 잦은 샐러리맨**

샐러리맨 　원장님께서 치료 도중에는 술 마시지 말라 하셨는데 오늘은 제가 술 접대를 해야 하는 자립니다. 소주 딱 한 잔만 먹어도 될까요?

백 원장 　한 잔 먹으나 한 병 먹으나 안 좋은 건 마찬가지니 아예 소주 한 세 병 드시죠? 단! 뒷일은 저도 책임 못집니데이~.

샐러리맨　아, 네….

사례 4　농사짓는 어르신

농사일 자체가 무릎이나 허리에 무리가 가는 것은 당연한 일.

백 원장　어르신, 오랜만에 오셨네요. 진료실 들어오시는 걸음걸이 보니 무릎이 안 좋으신가 봐요?

어르신　요새 고추 모종 심고 참외 접붙인다고 하루 종일 허리 구부려 일했더니 허리, 무릎, 목, 어깨, 팔, 다리… 온 전신만신이 다 아프다 아잉교. 돈은 열 배로 드릴 테니 다 좀 봐 주이소. 바빠서 병원에 올 시간이 없어 칸다 아입니꺼.

백 원장　아이고, 어르신요, 그거 다 봐 드릴라 카마 내한테 주사를 한 200방 맞아야 되는데 그라마 어르신 주사 맞다 돌아가십니데이. 오늘은 일단 제일 아픈 데부터 먼저 보이시더.

사례 5　운동선수

대부분의 사람들은 격한 운동을 하는 운동선수들이 주사치료도 잘 받을 걸로 생각한다. 그러나 경험상 이쪽 계통의 친구들이 모든 환자 부류 중에서 겁이 제일 많고, 주사치료를 가장 무서워

한다. 그 중엔 요즘 UFC에서 떠오르는 스타, '코리안 슈퍼보이' 최두호 선수도 마찬가지다.

백 원장 자 ~ 치료해야지.

최두호 네…. ㅠㅠ

백 원장 (시술이 끝난 후) 많이 아프더나?

최두호 시합 때는 아무리 강한 상대를 만나도 안 두려운데, 원장님이 주사기 들고 제게 다가오시면 심장이 멎을 듯합니다. 저는 세상에서 원장님이 제일 무서워용.

(그래서 나는 세상에서 최두호가 제일 만만한가 보다)

사례6 고위 공직자

　지체 높으신 고위 공직자의 경우 혼자서 병원에 오는 경우는 거의 없다. 수행비서가 미리 접수해 두고 기다리고 있다가 진료 시간이 되면 그제야 병원에 와서 내게 진료를 받는다.

백 원장 많이 좋아지셨네요. 오늘까지만 치료 받으시고 이제 그만 오셔도 될 듯합니다.

공직자 (만면에 미소를 지으며) 아이고~ 원장님! 그동안 잘 치료해 주셔서 감사드립니다. 언제 제가 소주 한잔 원장님께 대접하겠습니다. 수행비서 통해서 연락드리겠습니다.

백 원장 아, 네⋯.(직접 연락 하셔도 되는데)

이렇게 지체 높으신 분들은 내게 직접 연락하는 법이 거의 없다. 항상 수행비서를 통해서만 연락이 온다.

사례7 **고위 공직자의 수행비서**

백 원장 오늘은 비서님께서 치료 받으시러 오셨나 봐요?

수행비서 (잠시 머뭇거리다) 마침 그분이 외국 출장가시는 바람에 시간이 나서⋯.

백 원장 그래 어디가 불편하세요?

나의 하루하루는
흥미진진한 드라마다.
그래서 나는 이 일이 즐겁고,
내 일을 사랑한다.

수행비서 그런데 원장님, 제가 병원에 치료받으러 온 사실을 제가 모시는 그분께는 비밀로 해 주세요.

백 원장 왜 그래야 하죠? (나의 병원행을 상사에게 알리지 말라?)

수행비서 제가 아프다 하면 그분이 싫어하세요. 제가 병원에 왔다 간 걸 그분께서 아시면 제가 좀 곤란한 상황에 처해질 수도 있어서요.

백 원장 아~ 네. (수행비서는 아파서도 안 되는구나)

사례8　일 년째 허리 척추관 협착증, 목 디스크 증세로 치료받는 스님

　스님의 경우는 대부분 신도들을 대동하고 병원에 오신다.

백 원장 스님, 이제 어지간히 치료도 다 된 거 같은데 오늘까지만 치료 받으시고 이제 그만 오세요.

스님 부처님 은덕으로… 나무관세음보살.

백 원장 (치료는 내가 했는데 인사는 부처님이?) 이렇게 지내보시다가 혹 안 좋으시다 싶으면 병원으로 오세요.

스님 만남이 있으면 헤어짐도 있는 법, 이 모든 게 부처님 뜻이겠지요. 나무관세음보살.

백 원장 네, 나무…관세음…보살.

사례9 **어깨가 아파 엉엉 울며 찾아온 수녀님**

　수녀님의 경우 주로 혼자 병원을 찾으시는 경우가 많다.

백 원장 수녀님, 오늘이 마지막 치료예요. 이제 그만 오셔도 될
듯합니다.

수녀님 어깨 낫게 해 달라는 제 기도를 하느님께서 들어주셨나
봅니다. 원장님께서도 수고 많으셨어요, 할렐루야.

백 원장 아 네, 할렐루야….

사례10 **온 몸에 용 문신을 한 범상치 않은 외모의 청년**

　매사가 시비조여서 접수나 수납을 담당하는 우리 직원들에게
이미 요주의 인물로 찍혔다.

백 원장 오늘까지만 치료 받으시고 그만 오셔도 되겠네요.

청년 (험상궂은 얼굴에 고개를 삐딱하게 쳐들고 눈을 부라리며) 와~요? 나
는 좀 더 치료 받고 싶은데요?

백 원장 (쫄아서) 아, 네…. 그럼 좀 더 치료 받기로 하죠. 담 주에
도 치료 받으러 오세요.(이 친구는 이제 그만 좀 와 줬으면 좋겠는데 ㅠㅠ)

사례11 약간 공주병 증세가 있는 40대 중반의 아줌마

  이런 유형의 환자분들은 항상 병원에서 특별 대접을 받기를 원
하며, 늦게 접수하고는 빨리 봐 달라 떼쓰는 경우가 많다.

백 원장 늦게 접수하고는 자꾸 빨리 진료 봐 달라 재촉하시면 제
입장이 난처해지니까 제 입장도 좀 생각해 주세요. 아니면 좀 일
찍 접수를 하시든지.
아줌마 저~ 선생님, 저만 예약 접수 좀 해 주시면 안 되나요?
백 원장 예약 접수는 안 되고요. 정 바쁘시면 다음부터는 다른
원장님한테 진료 보십시오.(우리 엄마도 예약 접수 안 되는데 무슨)

  매일 똑같은 공간에서 똑같은 일을 하지만 여기 앉아서 매일
다양한 직업군의 온갖 사람들을 만나고 대화할 수 있는 이 직업,
그래서 나의 하루하루는 흥미진진한 드라마다. 그래서 나는 이
일이 즐겁고, 내 일을 사랑한다.

여기서 이러시면 안 됩니다

어느 해 여름, 매일 밤 11시에 병원 현관 앞에서 이불을 깔고 잠을 자가며 1번 대기 번호표를 받아 제일 먼저 치료를 받고 가시던 아주머니가 계셨다.

그러던 어느 날 진료 도중 그 아주머니가 심각하게 말했다.

환자 원장님, 이제 1등으로 치료 못 받게 되었어요. 맨 먼저 치료 받고 일하러 가야 하는데….

백 원장 왜요?

환자 오늘 새벽에 병원 현관 앞에서 이불을 덮고 자고 있는데, 경찰관 한 분이 오셔서 자는 나를 깨워서는 하는 말이 파출소에 주민 신고가 들어왔다는 겁니다. 살인 사건이 났는데 사랑모아 병

원 앞에 시체가 누워 있다고. 그러면서 다짜고짜 "아주머니 여기서 이러시면 안 됩니다. 집에 가세욧!" 하잖아요. 나는 원장님한테 제일 먼저 치료 받고 아침 일찍 일하러 가야 하는데….

경찰관이 자신에게 말했다던 "여기서 이러시면 안 됩니다"란 얘기에 순간 모 개그 프로그램에 한때 유행했었던 말이 연상되어 웃음이 터지려는 걸 억지로 참았다. 그러나 오죽 사정이 급하면 병원 앞에서 노숙까지 해가며 내게 치료를 받으시려 할까 하는 딱한 맘이 들어 다음부터는 어느 정도의 융통성(?)을 발휘해서 아주머니를 치료해 주었다.

종일 환자 진료에 바쁘지만 나도 가끔 말하고 싶다.
"여기서 이러시면 안 됩니다."

진료 대기 중 스마트 폰의 볼륨을 크게 키우고 TV 시청하시는 환자분께는 말하고 싶다.
"여기서 이러시면 안 됩니다. 이어폰으로 시청해 주세요!"

진료 대기 중에 북 카페에서 가져온 책 보고 그냥 아무렇게나 두고 가시는 환자분께 말하고 싶다.
"여기서 이러시면 안 됩니다. 보신 책은 제 자리에 갖다 두세요."

대기 중 마시던 자판기 커피 반만 먹고 대기 의자에 살며시 두고 가신 환자분께 말하고 싶다.
"여기서 이러시면 안 됩니다. 먹다 남은 커피는 화장실 변기에 버려 주세요."

치료 도중 핸드폰이 울리자 내게 주사 맞는 순간에도 통화하시는 환자분께도 말하고 싶다.

"여기서 이러시면 안 됩니다. 진료 도중에는 휴대폰을 진동으로 해 주시고 치료 끝나거든 전화 받으세요."

술 드시고 병원에 와서 막무가내로 치료 해 달라고 소란 피우거나 난동 부리시는 환자분께 말하고 싶다.

"여기서 이러시면 안 됩니다. 술 깨시고 다음날 진료 받으러 오세요."

애기들 데리고 와서 병원 대기실 복도에서 달리기 경주 시키는 엄마 환자분께도 말하고 싶다.

"여기서 이러시면 안 됩니다. 애기들 달리기는 운동장에서 시키세요."

진료 대기 중 지겨워서 병원 야외 테라스에서 담배 피는 환자분에게 말하고 싶다.

"여기서 이러시면 안 됩니다. 병원은 전체가 금연구역입니다."

아침에 집에서 양치 안 하고 꼭 병원에 출근해서 병원 치약으로 준비실에서 치카치카 양치하는 우리 직원에게도 꼭 한마디 하고 싶다.

"여기서 이러다 나한테 걸리면 죽는다이~. 양치는 집
에서 하고 오도록!"

　진료 도중 이런저런 맘에 안 드는 일이 있다 하여 일일이 쫓아
다니며 "여기서 이러시면 안 됩니다." 한다면 어느 세월에 진료
를 다 할 수 있을까? 그래서 그냥 그러려니 하면서 혼자 속으로
'여기서 저러시면 안 되는데…' 하는 수밖에.

백 원장 어록

평소 환자와 대화 중 어떤 특정한 상황이 되면 자주 쓰는 말들이다. 이른 바 '백 원장 어록'.

집에 가서 대바늘로 허리 마구 쑤셔 보세요. 그 자리가 안 아프나.

허리에 주사 맞은 자리가 아프다며 불평하시는 환자분께 하는 말.

연식이 다른 데 우째 할매랑 같겠는교?

같이 치료받는 딸은 다 나아가는데 왜 자신은 잘 안 낫느냐고 얘기하시는 할머니께 하는 말.

제가 할매 허리를 처녀 허리로 만들어 드릴 수는 없어요. 할머니 상태는 차로 비유하자면 폐차 직전의 가다 서버린 찬데 내 목표는 차가 굴러가게 하는 거지 새차로 만들어 드릴 수는 없다는 얘기예요.

"내 허리는 언제 다 낫는교?" 하시는 80대 할머니께 하는 말.

그러려면 내한테 주사 200방 쯤 맞아야 하는데 그래도 괜찮겠어요?

진료비 더 줄 테니 허리, 무릎, 어깨 동시에 다 치료해 달라고
떼쓰는 환자분께 하는 말.

저도 정말 궁금합니다. 아지매 허리가 우찌되어 있는지.
MRI 검사비가 아까워 X-ray만 찍고 허리 치료받던 환자가 "도
대체 나는 무슨 병이라요?" 하며 물을 때 하는 말.

나이 여든이 넘은 우리 어무이는 15년 동안 매주 한
번씩 저한테 이 주사 맞고 있습니데이. 몸에 해로운 주
사를 의사인 내가 엄마한테 15년간 놓을 수 있겠는교?
내게 치료 잘 받다 뜬금없이 "이 주사 자꾸 맞아도 괜찮습니
까?"라고 질문하는 환자에게 하는 말. (실제로 팔순 넘은 나의 모친께
서는 15년째 매주 한 번씩 허리 치료를 받고 계시는 중이다. 그래서 요즘은 허
리가 많이 좋아지셨다)

일단 다섯 번 치료해 보자 이 말이지 다섯 번 만에 낫
게 해준단 말은 아닙니다.
다섯 번 치료해 보자는 내 말을 다섯 번 만에 낫게 해준다고
오해한 환자가 "오늘이 다섯 번쨌데요"라며 내게 얘기할 때 하
는 말.

저도 힘들어요.

"원장님 만나려고 새벽 5시부터 여태까지 4시간이나 기다려서 힘들어 죽겠어요"라며 환자가 하소연할 때, 나 역시 진료 시작 후부터 여태까지 화장실 한 번 못 가고 진료 중이라며 하는 말.

저는 원래 점심 안 먹어서 괜찮습니데이.

"원장님 점심 식사도 못 하시고…"하며 오전 접수 환자를 다 못 봐서 점심시간에도 진료 중인 나를 안쓰러워하며 말씀하실 때 하는 말.

제가 돈 벌려고 이러는 걸로 보이십니까?

대기환자가 너무 많이 밀려 허덕대는 날 보고 환자가 "원장님 돈도 좋지만…"이라고 얘기할 때.(사실 난 이 소리 듣는 게 제일 싫다. 내가 돈을 바라고 의사 하는 건 아닌데)

이거 다 빚이에요. 돈 벌어 빚 갚아야죠.

이 많은 환자 봐서 돈 벌어 다 어디 쓰느냐고 묻는 환자에게 하는 말.

3초 후면 아픈지 안 아픈지 알 거예요.

주사치료 직전 "이 주사 맞으면 아파요?"라고 내게 묻는 환자에게 주로 하는 말. 그리고 3초 뒤 주사치료하며 오히려 내가 환자에게 묻곤 한다. "도로 제가 한 번 물어봅시다. 주사 아파요?"

"니 공부 잘하나? 니 in-서울 할 실력 되나?"
입시 준비에 바쁜 고3 수험생을 치료할 때 묻는 말.

할매 허리 낫게 해 준다고 장담하는 의사는 이 지구 상에는 없을 겁니데이
"이 치료 하면 백 프로 낫아준다고 장담할 수 있는교?"라고 묻는 환자에게 하는 말.

감기 걸렸다가 다 나았다고 평생 감기 안 걸리나?
테니스 엘보 치료 후 나았다고 생각해서 하루에 10게임씩 테니스 치고선 엘보가 재발했다며, '왜 이리 잘 안 낫느냐'고 불평하는 젊은 청년에게 자주 하는 말.

우리 엄마가 오셔도 이 시간엔 바로 진료 못 봐드려요.
늦게 접수하고 오자마자 지금 바로 진료 봐 달라며 살며시 내게 얘기하시는 환자분께 내가 잘 하는 말.

그 대신 정말로 사정이 급하신 분들(예를 들면 기차 시간에 늦는다든지, 시험 기간 중인 학생이라든지, 엄청난 통증을 호소하는 응급환자 등의 경우)은 약간의 유도리(?)를 발휘해서 어느 정도 편의는 봐 드린다.

개원 15년 차에 접어든 내가 늘 쓰는 레퍼토리다. 내게 한 번이라도 치료 받아보신 환자분들은 이 어록 중 한두 마디 정도는 들었을 것이다.

미국에서 왔어요

필자가 대구테니스협회장을 하면서 알게 되어 호형호제하는 미국 교포 형님이 계신다. 미국 LA와 뉴욕에서 크게 사업을 하시며 좋은 일도 많이 하신다. 허리가 좋지 않은 형님은 1년에 한두 번 한국에 오실 때마다 서울의 유명한 병원을 마다하고 굳이 대구까지 KTX 타고 내려오셔서 내게 치료받으신다. 그리고 그날 저녁 함께 식사하고 가신다. 어느 해 형님께서는 우리 병원에 오셔서 내 방 진료실 앞에서 순서를 기다리고 있었다.

그날 대기 중인 내 환자 중에는 유독 말이 많은 우리 병원 단골 아주머니 한 분이 계셨다. 옆에 같이 대기 중이던 환자들을 상대로 쉴 새 없이 수다를 떠는 목소리가 진료 중이던 내 귀에도 간간이 들렸다.

수다아줌마 여기 사랑모아는 어느 원장이 제일 치료 잘하고, 누가 제일 친절하고, 누가 제일 환자가 없고….
미국형님 아~ 그렇군요.
수다아줌마 이 병원에는 허리 치료는 이렇게 하고, 몇 번을 다녀야 하고, 무릎 치료는….
미국형님 아, 네.

  대기 중인 다른 환자들에게 우리 병원의 치료법에 대해 한참을 신나게 강의(?)하던 수다아줌마가 이윽고 화제를 바꾼다.
수다아줌마 그런데 백 원장한테 첫 타임에 치료 받으려면 새벽 4

시부터 줄서서 병원 문이 열릴 때까지 기다렸다가, 7시에 문 열리면 병원 들어가서 한 시간 더 기다려 8시에 접수해야 하고….

미국형님 … (점점 말이 없어지는 미국형님)

백 원장한테 치료 받으려고 새벽에 일어나 버스 두 번 갈아타고 와서 세 시간째 대기 중이어서 힘들어 죽겠다던 아주머니, 갑자기 옆에 있는 환자들에게 묻기 시작한다.

수다아줌마 아줌마는 어데서 왔어요?

환자1 저는 영천에서 왔어요.

수다아줌마 아저씨는 어데서 왔능교?

환자2 말도 마소~. 거제도서 백 원장 볼라꼬 새벽에 일어나 세 시간 차 몰고 왔다 아잉교.

수다아줌마 할배는 어데서 왔능교?

환자3 강원도 태백에서 왔더래요.

대구 살면서 먼 데서 왔다고 불평하던 단골 아주머니, 주위 환자들이 모두 자신보다 먼 곳에서 왔다고 하니 기가 많이 죽은 듯, 맞은편에 대기 중이던 미국형님께 풀이 죽어 애원하듯 간절한 목소리로 묻는다.

수다아줌마 아저씨는 어데서 왔어요?

아줌마 수다에 한참을 묵묵히 듣고만 계시던 미국형님, 잠시 뜸을 들이더니 그 순간 이후부터 아줌마의 입을 다물게 만드는 회심의 한마디를 내뱉는다.

미국형님 (일부러 어눌한 목소리로) 저요? 미쿡~에서 왔어요. 비행기 타고, 엘에이에서.

수다아줌마 …(침묵)

그날 저녁 식사를 하며 낮에 병원에서 있었던 말 많은 아줌마와의 대화를 미국형님이 재미있게 얘기해 주셨다.

너그 아부지 뭐 하시노?

　　주사치료와 시술을 주로 하는 특성상 우리 병원에 오기를 무서워하는 환자분들이 많다. 병원 입구에 들어서는 순간부터 마음이 무겁다는 환자분도 계시고, 치료실에 대기하고 있다가 내가 쿵쿵거리며 걸어오는 발걸음 소리에 심장이 쿵! 내려앉는다는 환자분들도 계신다. 심지어 선생님이 자신을 체벌할 때 대기 중인 느낌이 든다고 하는 학생 환자도 있다.

　　"어디가 아프세요?"

　　"지난번에 비해 오늘은 좀 나아지셨나요?"

의사의 이런 일상적인 대화만으로는 치료 전 환자들의 두려움을 없앨 수가 없다.

평생을 교단에 계시다 정년퇴임하신 늘 반듯하신 할머니 환자분께서 오시면 묻는다.

"공부 잘 한다던 외손주는 서울대 들어갔나요?"

"네, 서울대 가서도 열심히 하고 저한테 안부 전화도 자주해 줘요."

기분이 좋아져 방긋 웃으시며 대답하신다.

또 다른 단골 할머니 환자께는

"대기업 다닌다던 사위는 요즘 할머니께 잘 해드리나요?"

하고 물으면,

"하모~. 딸래미보다 우리 사우가 더 연락도 자주 하고 맛있는 것도 많이 사준다 아이가."

하고 자랑하신다.

시골에서 참외 농사하시는 영감님께도 치료 직전에 한마디 하면 기다렸다는 듯이 하소연하신다.

"참외 농사 많이 힘드시죠?"

"아이고, 말도 마소. 요새 참외 접붙인다고 만날 쭈그리고 앉아 일하다가 무릎 아파서 왔다 아인교? 참외 농사 해가 돈 벌어 원장님한테 다 갖다 바칩니데이."

　오늘은 축구하다 발목을 삐어 내원한 고등학생 환자가 진료실에 들어오는 순간 표정이 심상찮다. 아마도 주사를 맞기 싫다는 것을 어머니가 억지로 병원에 끌고온 듯, 잔뜩 볼이 부은 학생을 보자마자 내가 농담 삼아 한마디 던진다.

　"일마, 인상이 와 그라노? 너그 아부지 뭐 하시노?"

　뜬금없는 내 질문에 당황한 듯 머뭇거리던 학생이 잠시 후 굳었던 표정을 풀며 웃는 얼굴로 대답한다.

　"건달입니더~ㅎㅎㅎ"

　'친구'라는 영화를 본 듯한 학생은 내게 농담으로 응대하면서 진료에 순순히 응한다.

　엄마를 따라온 다섯 살배기 꼬맹이에게도 엄마를 진찰하다 말고 슬쩍 돌아보며 한마디 묻는다.

　"니는 어데 주사 놔 주꼬?"

　"아니라예, 지는 그냥 엄마 따라…."

　눈을 동그랗게 뜨며 화들짝 놀라는 꼬맹이를 보고 옆에 있던 엄마가 기다렸단 듯이 한마디 덧붙인다.

　"야가, 요새 엄마 말을 얼마나 안 듣는지. 선생님요, 야 말 잘 듣게 하는 큰 주사 하나 놔 주이소."

그러자 쏜살같이 진료실 밖으로 달아나는 꼬맹이 녀석을 보고 엄마랑 내가 한바탕 크게 웃는다.

운동하다 무릎을 다쳐 내원한 여고생 배드민턴 선수에게

"니 요새 남친 생겼나? 억수로 이뻐졌데이."

"어데예~ 쌤, 아이라예."

하며 얼굴이 빨개지는 수줍은 여학생.

치료에 대한 두려움으로 마음이 무거운 환자들에게 내가 건네는 말 한마디가 커다란 위안이 되리라 나는 믿는다. 의사로서 병에 대한 이야기만 하는 것보다 치료 직전 환자와 나누는 짧은 대화가 서로를 신뢰할 수 있게 만드는 매개체이다. 이것이 내가 세상을 살아가며 가장 중요시 하는 진정한 '소통'의 정신이다.

그냥 한번 따라와 봤다 아이가

백 원장 할머니, 오늘 처음 오셨네요. 어디가 불편하세요?

환자 내가 처녀 때 소꼴(소에게 먹이는 풀)을 믹이다(먹이다) 소한테 허리를 받쳐가꼬 두 달을 누워있었다 아이가.

백 원장 아. 허리가 불편하세요?

환자 그래가꼬 두 달을 꼬박 집에 누워 있었더니 허리는 어지가이(어지간히) 나았고.

백 원장 네, 그래서 지금은 어디가….

환자 그래가 찢어지게 가난한 집 오형제 맏이한테 시집 가가 육 남매를 낳았는데 산후조리를 잘 못 해가….

백 원장 아, 산후풍을 앓으셨나 봐요.

환자 그래가 그때 보약 스무 재 묵고 나았다 아이가.

백 원장 그래서 지금은 어디가….

환자 육남매를 업어 키우다 보이 온 전신만신이 다 아프고….

백 원장 ….

환자 그라다 서른다섯 때 교통사고가 나가 다리를 뿌라가꼬(부러 뜨려서) 철심을 박아났는데 그거 때문인지 요새도 비가 올라 카마 철심 박아 놓은 다리가 욱신거린다 아이가.

백 원장 (이제 드디어 본론이 나오려나 보다 생각하고) 아~ 다리가 아프시구나.

환자 그런데 다리는 좀 참을 만한데 얼마 전부터 무릎이 아파 가꼬.

백 원장 아, 무릎이요? 아마 퇴행성관절염이 왔나보네요. 일단

X-ray 먼저 찍어 보시고….

환자 그래가 우리 동네 병원에서 사진 찍어 보이 의사가 퇴행성 관절염이라 캐가 연골주사 맞고 치료 중이고.

백 원장 ….

환자 오늘은 우리 마실(마을)사람들이 다 모지가(모여서) 대구에 있는 병원 간다 카길래(하기에) 그냥 한번 따라와 봤다 아이가. 마침 몸살 기운이 있다 카이 같이 온 사람들이 접수해서 약이라도 처방받아가라 카길래….

백 원장 (켁!) 아, 뉘에….

불과 2~3년 전, 혼자서 하루에 평균 200명 이상 환자를 진료하던 때는 시간에 쫓겨 환자와 이런 대화는 상상도 못했었다. 요즘은 오전에만 접수를 받고 접수된 환자만 하루 종일 보기에 그때만큼 환자를 많이 보질 않아 시간적 여유가 있어 가끔 이렇게 환자의 온갖 이야기를 들어줄 때도 더러 있다. 환자 이야기를 열심히 들어주다 보면 오늘처럼 황당한 일도 겪기도 하지만, 지금으로부터 십수 년 전 내가 개원 초창기에 꿈꾸던 환자 이야기를 잘 들어 주는 의사로 조금씩 변모해 가는 나 자신이 아주 조금은 대견스럽기도 하다. 하지만 그래도 이런 날은 좀 많이 황당하기는 하다.

거짓말하는 의사

환자 주사 안 아파요?

백 원장 네~ 약간 따끔합니다. 모기한테 물리는 정도쯤 될 거예요.

환자 (시술이 시작되고 주사 바늘이 환자 몸에 들어가는 순간) 으악! 왜 이리 아파요? 원장님이 안 아프다고 하셨잖아요?

백 원장 안 아픈 주사가 세상에 어딨어요? 제 말을 정말로 믿으셨어요?

환자 별로 안 아프다고 해 놓고선…. 그래도 생각만큼 아프진 않네요.

대부분의 환자들은 잘 참지만 유독 주사치료에 공포심을 가지

는 환자들도 간혹 있다. 이럴 때 치료 전 환자를 안심시키는 선의의 거짓말도 의사로서 가끔은 필요하다고 생각한다. 나의 진료 경험상 특히나 발바닥 부위에 주사 맞는 환자들은 엄청난 고통을 느낀다. 맨발로 집안을 돌아다니다 모르고 압정을 밟는다고 가정해 보라. 어떤 고통인지 상상이 가리라. 주사 맞으면 아프냐고 묻는 환자에게 곧이곧대로

"네~. 발바닥에 맞는 주사가 특히 아파요. 죽은 시체도 여기에 주사 맞으면 벌떡 일어날 정도로…."

내가 이렇게 얘기한다면 무서워서 주사를 맞을 사람은 아무도 없겠지?

가끔 나는 어디가 아플 때 다른 원장에게 주사 맞기가 무서워
내 몸에 스스로 주사를 놓기도 한다.

그런데 엄청 아프다.

그래서 웬만하면….

주사 안 맞고 그냥 참는다.

사투리 쓰는 의사

개원할 당시만 해도 나는 의사로서 환자를 대할 때에는 표준말을 사용해야 한다고 생각했다. 왠지 그래야만이 의사로서의 권위도 서고, 환자들에게 더 신뢰를 줄 수 있다고 생각했기 때문이다. 그런데 개원한 지 십수 년이 흐른 지금의 나는?

백 원장 할머니 오랜만에 오셨네요. 오늘은 어디가 아프세요?
환자 그케(그러게)···. 아(자식)들은 출가 시키가 마카(모두) 다 외지로 보내고 할마이(할머니) 혼차(혼자) 묵고 살라카이(먹고 살려니) 밭일이라도 쪼매 해야 하는데, 하루 종일 허리 수구리가(숙여서) 일하이(일하니), 찌찌(가슴)가 아프고 미자바리(항문을 이루는 창자의 끝부분을 말하는 경상도 방언)도 쑥 둘러빠질라 칸다 아인교.

백 원장 아~ 그카마(그러면) 일단 찌찌 아픈데 하고 미자바리 쪽에 궁디(엉덩이) 치료부터 해 보이시더. 일단 치료실로 가입시데이.

치료실에서 환자의 가슴 아래쪽에 늑간신경차단술과 엉덩이 치료를 하면서 내가 한마디 한다

백 원장 할매, 젖 들고~.(가슴을 손으로 잡고 들어주세요)

백 원장 할매, 궁디 들고~.(엉덩이 들어주세요)

의사는 표준말을 사용해야 한다는 개원 초창기의 나의 믿음은 아직도 변함이 없다. 다만 때로는 환자들의 눈높이에 맞춰 대화해 주는 것이 필요하다고 생각한다. 오히려 이렇게 하는 것도 환자와의 소통을 원활히 하면서 의사로서 환자에게 더 신뢰를 줄 수도 있을 것이다.

인터넷 의사

둔부힘줄염으로 내게 치료받는 젊은 청년이 있었다.

백 원장 그래, 요즘 엉덩이는 좀 어떠세요?
청년 네, 우측 장요근 굴곡신전 시 탄발이 잘 안 일어나고 외전
이랑 외회전을 동시에 시킬 때 구축현상이 심하고요. 장경인대
내전운동 범위가 타이트하고요. 우측 무지의 신전이 자유롭지
못해요.
백 원장 아, 뉘…. (#&+·×=_++=⟨÷+&##*((=÷-,)+_)

요즘은 인터넷을 통해 자신의 질환을 진단하는 사람이 있다.
이렇게 스스로 진단 후 병원에 와서 본인은 이러이러한 상태니

이러이러한 치료를 해달라고 요구하는 경우가 있다.

심지어 우리 의사들도 생소한 의학 전문용어를 써가며(사실 의 사들은 의대시절부터 원서로 공부해 왔기에 라틴어에서 유래한 영어식 의학용 어에 익숙하다. 그래서 일본식 한자에서 유래한 한글로 된 의학용어에 약한 경 우가 많다) 의사를 당황하게 만드는 인터넷 의사들(?)이 있다. 아무 리 설명해도 내 진단이 틀렸다고 못 미더워하는 일부 젊은 환자 들을 만나면 난감하기 짝이 없다. 다행히 이 청년은 치료 결과가 좋아 내 말을 수긍하고 치료에 잘 따라와 주고 있다.

십수 년을 공부하고, 수련하고, 전문의 따고 나서도 다시 20년

의 임상 경험이 있는 나와 의학 지식으로 맞상대하려는 인터넷
의사. 간단한 검색만으로 자신의 병을 스스로 진단하여 병원을
찾는 일부 인터넷 의사(?)분들께 우리 의사들을 대신해서 한 말씀
드린다.

"저희 의사들은요. 인터넷 보고 의사가 된
건 아니랍니다. 제발 저희 의사들을 좀 믿어
주세요."

양보다는 질

개원 초창기 -
환자 내만 낫게 해주면 우리 동네 허리, 무릎 아픈사람들 다 데리
고 오꾸마.
백 원장 고마워요 할매, 동네 사람 많이 델꼬 와 주이소.

현재 -
환자 내 허리만 고쳐주면 우리 마실에 내메로(나처럼) 아픈 사람
쌨심더(많습니다).
백 원장 할매. 제가 치료는 최선을 다 해서 해드릴게요. 동네에
소문은 내지 마세요.
환자 와?

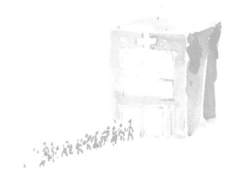

백 원장 동네사람 한꺼번에 열댓 명씩 병원에 오시면 제가 제대로 진료를 못 해 드려서요.
환자 환자 소개해 준다 캐도 싫어하는 의사도 있나?

　과거 개원 초창기, 환자 욕심을 많이 부렸던 시절이 있었다.
　하지만 지금은 안다. 환자 많이 보는 의사가 반드시 실력 있는 의사는 아니란 것을. 환자는 적게 보더라도 충분한 검사로 제대로 된 진단하에 제대로 된 치료를 하는 의사가 정말로 실력 있는 의사란 것을! 그리고 그런 좋은 의사들이 우리들 주위에 의외로 많다는 사실을.

빨간 가방 아저씨

'빨간 가방 아저씨!'

2년 전 모 방송국의 휴먼 다큐에 출연하면서 당시 언론이 내게 붙여준 영예로운 별명이다. 빨간 왕진 가방을 들고 무료진료 봉사를 다닌다 해서 지어준 별명이었다. 분주히 봉사활동을 다니던 그때에 사실 나는 건강이 좋지 않았고 정신적으로도 많이 지쳐 있었다. 그런 상황에서 휴먼 다큐에 촬영 요청이 왔으니, 주변 지인들은 모두가 다음을 기약하는 것이 좋겠다며 반대 의견을 피력 했었다. 하지만 나는 방송 출연을 수락했다. 이유는 '과연 몇 년 뒤에도 내가 이렇게 살아갈 수 있을까?' 하는 가장 큰 궁금증과 고민이 더 크게 작용했던 것이다.

시간은 쏜 화살처럼 빠르다 했던가. 벌써 그로부터 2년이 지났

다. 다행히 건강도 많이 회복되었고 정신적으로도 그때보다 더
강하게 무장해서 열심히 살고 있다.

하지만 나는 아직도 최선을 다 하는 삶이 어떤 것인지 잘 모르
겠다. 그리고 내가 얼마나 더 오래 살 수 있을지는 더더욱 알 수
가 없다.

다만 오늘을 열심히 살면 새로운 내일이 어김없이 찾아온다는
것. 매일매일 또 다른 하루가 주어져서 감사하다는 것.

그것에 만족하며 오늘도 나는 열심히 살 뿐이다.

2

한쪽은
서비스입니다

납 장갑

　방사선 피폭으로부터 손을 보호하기 위해 오른손에 착용하는 납 장갑. 이걸 착용하지 않고 방사선 치료기기에 손을 넣고 진료하다가는 1년도 안 되서 손에 피부암이 생겨 손을 잘라 내야 한다. 하지만 장갑 하나만으로는 방사능 피폭을 40% 정도 밖에 차단하지 못하므로 나는 여러 겹을 끼고 진료를 한다. 그런데 이 납 장갑 한 켤레가 20만 원씩이나 하기 때문에 한 번 장갑을 착용하면 최소 4시간 이상을 지속적으로 끼고 있어야 한다. 자꾸 꼈다 벗었다 하면 비싼 장갑이 금세 찢어지기 때문에 감당이 안 되기 때문이다.

　이렇게 살아온 지가 벌써 16년째. 방사선 기기에 손을 집어넣을 때마다 내 수명이 단축되는 느낌이 들지만 어쩌랴. 이게 의사

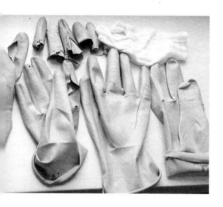

로서 나의 숙명이라면 피할 수
없는 현실인 것을!

　그래도 조금씩 손 상태가 좋아
지는 걸 보면 내가 방사능 피폭
에 제대로 대처하고 있는 것 같
아 마음이 놓인다. 점심시간에는
오전 내내 수고한 내 오른손을
좀 쉬게 해주어야겠다. 내 손은
소중하니까…

통증의 신

"선생님, 오늘이 마지막 치료네요."

극심한 어깨 통증으로 동네 병원을 전전하다 엉엉 울며 나를 찾아왔던 수녀님이 생글생글 웃으며 마지막 치료를 받으러 오셨다. 처음 내원 당시에는 오른팔을 들지도 못하고 가만히 있어도 계속되는 극심한 어깨 통증에 눈물을 펑펑 흘리셨다. MRI 검사 결과 석회성 힘줄염으로 진단이 나왔었고 다행히 다른 부위, 이를테면 어깨뼈를 덮고 있는 연골 파열(전문 용어로 SLAP이라고 하는데 LA 다저스의 류현진 선수가 이 병으로 관절경 수술을 받고 1년 넘게 재활을 했다)이나 인대 손상은 없었다. 처음 병원을 찾아온 날 수녀님께 촬영한 MRI 사진을 보여드리면서 설명했다.

"수녀님! 너무 걱정 마세요. 일주일에 두 번씩 3일 간격으로 여

섯 번 치료할 텐데 그 정도면 어지간히 좋아지실 거예요."

그렇게 치료가 시작되었고 다행히 처음 말한 대로 여섯 번 만에 치료를 끝내게 된 것이다.

개원 초창기에는 의사의 권위를 내세우며 환자의 얘기는 귀담아 듣지 않고 의사로서의 내 얘기만 환자에게 했던 시절이 있었다. 그러다 어느 날 문득 '만일 내가 이 병원을 찾은 환자라면 나는 의사에게 어떤 점이 가장 궁금할까?' 라는 생각이 들었다. 그랬더니 여태까지 의사인 내 입장만 고수하며 살아왔던 지난날에 대해 깊은 반성을 하게 되었다.

내가 만일 환자의 입장으로 병원을 왔다면 도대체 내가 무슨 병이고 어떤 치료를 하는지, 계속 치료받아도 별 차도가 없을 때 다른 방법은 있는지, 앞으로 몇 번을 더 병원에 와야 하는지를 담당 의사에게 얼마나 묻고 싶을까. 의사가 내 병에 대한 제대로 된 설명도 안 하면서 언제까지 다니라는 말도 없이 오늘 치료 받으면 '담에 오시오', 그 담에 가면 '또 담에 오시오' 한다면 얼마나 답답하겠는가. 의사에 대한 신뢰 또한 없어질 것이 자명한 일이다.

이런 생각이 들기 시작하면서 환자가 원하는 진료를 해 드리기 위해 MRI기기를 도입했다. 정확한 진단을 하고, 환자 수를 절반 이하로 줄여 환자에게 충분히 설명할 수 있는 시간을 만들며, 환자 입장에서 끝이 보이는 치료를 하기 위한 시술 위주의 진료 시스템을 갖추기 위함이었다.

변화는 또 있었다. 내원하는 환자분이 궁금할 거라고 생각하는 점은 환자가 묻기 전에 내가 먼저 '당신은 이러이러한 병입니다. 그래서 이러이러한 치료를 이러이러한 기간 동안 몇 차례 해보고, 치료 경과에 따라 별다른 차도를 안 보이면 이러이러한 시술을 하겠습니다' 라고 얘기를 했다. 그래서 자신의 병과 치료에 대해 충분히 이해할 수 있도록 한 것이다. 그런 점에서는 치료를 받는 환자 입장에서 진료를 하고 있다고 나는 자부한다.

비록 내가 신이 아닌 이상 내게 오는 모든 환자를 다 낫게 할 수는 없다. 하지만 의사로서 환자의 입장을 헤아려 하는 지금의 진료방식을 앞으로도 더 개선하고 발전시켜 나간다면 누가 알겠는가.

머지않아 언젠가 내가 '통증의 신' 이 될 수 있을지도….

나아줘서 고맙습니다

여든 정도로 보이는 할아버지 한 분이 진료실로 들어오셨다.

"할아버지, 어디가 불편해서 오셨나요?"

"하이고~ 원장님요, 내 말 좀 들어 보이소. 내가 나이 스물여덟에 군대 있을 때 회식을 하던 날인데, 그날따라 고기도 마이 묵고 술도 마이 묵었습니다. 그러다 갑자기 숨을 못 쉬어서 죽을 뻔했는데, 시간도 새벽 두 시여서 병원도 못가고 이대로 죽나보다 하던 차에 옆에 있던 동료가 응급조치한다고 내 목을 당수로 세게 쳤다아입니꺼. 그날 이후부터 이날 이때까지 50년 세월을 목이 아파서 밤에 잠도 못자고, 낮에도 통증이 지속되어 정상적인 생활을 못합니다. 이 병원 저 병원 용하다는 의사 찾아다니다가 원장님 소문 듣고 여기로 찾아 왔다 아잉교~."

   할아버지의 봇물 터지듯 쏟아지는 사연을 듣고는 맞장구를
쳤다.

   "아이고, 50년 세월을 힘들게 살아오셨네요."

   검사 끝에 경추 척추관 협착증으로 진단받은 이 할아버지를 10
개월째 꾸준히 치료했다.

   "원장님, 오늘 치료하고 한 달 뒤에 한 번 오고, 그 다음 한 달
뒤에 마지막으로 한 번 더 치료하면 만 1년입니더. 그때까지만 치
료하고 더 이상 원장님 안 괴롭힐게요. 50년을 목 땜에 고생하다
내 나이 80에 원장님 만나 병 고쳐 이제 여생 안 아프고 행복하게
살 수 있게 해 줘서 감사합니데이~. 언제 원장님 모시고 차라도
한번 대접해야 하는데…"

"아이고, 아입니더 할부지요. 나아줘서 제가 고맙심데이."

내 가슴 깊은 곳에서 무언가 뭉클한 게 올라왔다.

'아, 이 맛에 의사 하는구나.'

새삼 의사로서의 보람과 긍지와 자부심을 느끼며 기분 좋은 오후 진료를 시작한다.

VIP 신드롬

'VIP 신드롬'은 의사가 사회적으로 명망이 높은 사람, 혹은 유명 연예인이나 스포츠 스타 같은 환자들을 더 잘 치료해 주려다 오히려 일반 환자들보다 결과가 안 좋은 경우를 일컫는 말이다.

이런 분들을 치료할 때 의사가 손발이 오그라들어 똑같은 치료나 시술을 해도 일반인보다 부작용이나 합병증이 더 많이 발생하는 경우가 있다. 이를 극복하기 위한 의사들 각자의 특별한 노하우가 있을까?

개원 초창기 환자 진료 경험이 많이 없을 때는 나도 한동안 이와 비슷한 경우를 더러 겪었다. 그러나 어느 순간부터인가 희한하게도 'VIP 신드롬'이 생기는 환자가 없어지기 시작했다.

처음에는 그 이유를 개원 후 시간이 흐르면서 의사로서의 내공이 쌓여 그런 줄로만 알았는데 돌이켜 생각하니 딱히 그런 이유 때문만은 아닌 것 같다.

측은지심側隱之心.

우리 병원의 후배 의사들에게 틈만 나면 강조하는 말이다. 단순히 누군가를 불쌍히 여기라는 말이 아니라, 몸과 마음이 아파 나를 찾아 온 환자들의 심정을 충분히 헤아리라는 것이다. 그들의 입장에서 생각하고, 그들에게 연민을 느끼며, 내 가족이라 생각하고 진료하라는 뜻이다. 환자의 위치나 신분, 직위職位 고하高下를 떠나 의사가 이런 마음으로 진료하는데 어찌 유명인이나 지체 높은 사람들을 더 신경 써서 할 것이며, 어찌 일반 환자들이라 해서 대충 치료할 수 있겠는가.

몸이 아파 병원을 찾아오는 모든 환자 한 분 한 분은 다 집에서는 소중하고 귀한 아버지요, 어머니, 아들, 딸들이다. 그러니 이들 모두가 다 소중한 VIP라 생각하고 진료에 임한다면 어찌 '과

잉진료' 니 '방어진료' 니 하는 논란이 있겠는가.

사회적으로 높은 지위에 있는 사람들은 병원에서마저 특별대우를 받아야 한다는 그들만의 특권 의식이 만들어 낸 소위 VIP 신드롬이라는 해괴한(?) 용어 또한 언젠가는 소리 소문 없이 조용히 사라지지 않을까.

주사기 들 힘만 있으면

"의료봉사활동을 하면서 당신은 뭘 배우나요?"

몇 년째 의료봉사활동을 하고 있는 내게 누군가가 묻는다면 이렇게 대답하고 싶다.

"우리 병원에 오는 환자들은 돈을 지불하고 그에 상응하는 의료 서비스를 제공받는 입장이다. 그들로부터 치료비를 받는 나 역시 최상의 결과가 나올 수 있도록 최선을 다해서 진료에 임해야 한다. 환자가 병원의 서비스가 맘에 들지 않거나 본인이 원하는 치료 결과가 나타나지 않았을 때는 병원 측에 항의할 수도 있고, 따질 수도 있다. 하지만, 의료봉사활동 과정에서 만나는 환자들은 어떠한 치료 결과에도 '선생님 감사합니다', '선생님 힘드실 텐데 저희 때문에 쉬시지도 못하고…', '좋은 일 많이 하는 선

생님은 복 많이 받으실 거예요' 등의 감사와 응원의 말을 항상 해
주신다. 때문에 늘 편안한 마음으로 진료에 임할 수 있고 병원에
서처럼 시간에 쫓기지 않고 느긋하게 그들과 대화할 수 있다. 사
회의 약자인 그분들에게 더욱더 깊은 애정을 가지고 치료하게 된
다"라고.

전쟁터 같은 치열한 개원 현장에 있다가 항상 좋은 말과 감사
의 인사를 하는 의료봉사활동을 하면서 만나는 이분들과 부대끼
다 보면 사람을 사랑하는 마음에 대해 생각하게 된다. 환자를 환
자로 보는 게 아니라 내가 사랑해야 할 사람으로 보게 된다. 그러
다 다시 개원 현장으로 돌아와서 내 환자를 보게 되더라도 역시

사랑하고 애정을 품고 치료하게 되더란 게 의료봉사활동을 통해 배우게 된 크나큰 교훈이다.

먼 훗날 늙고 병약해지더라도 주사기를 들 힘만 있으면 나는 이 일을 계속하고 싶다.

사람 사랑하는 법을 가르쳐 준 이분들을 평생 만나고 싶다. 그리고 이들을 사랑함으로써 세상 모든 사람을 사랑할 수만 있다면, 그렇게 살다가 생을 마감하더라도 좋을 것이다. 이렇게만 된다면, 어차피 한 번 사는 인생 후회 없이 멋지게 살았다고 할 수 있지 않겠는가.

봄소풍

불과 수년 전 어느 평일 오전 아홉 시경, 순간적으로 136명의 환자가 내 진료실 앞 대기창에 등록되었다.

'아, 오늘도 점심시간 없이 계속 저녁까지 진료가 이어지겠구나'라고 생각하며 마음의 준비를 했다.

보통 이런 경우에는 대부분의 의사들이 '빨리빨리 환자를 봐야지', '어휴, 저 많은 환자를 어느 세월에 다 보지', '오늘 하루는 죽었구나'라는 생각을 한다. 하지만 나는 이런 상황이 될 때 내 나름대로의 대처법이 있다. 그건 바로 환자를 더 천천히, 더 느긋하게, 더 꼼꼼히 보는 것이다.

대기 환자가 많다고 미리 힘들어하고, 빨리빨리 재촉하다 보면 나 자신도 힘들어진다. 그리고 환자분께는 제대로 된 진료를 해

드릴 수 없을 뿐더러 의료 사고가 생길 확률도 높아지기 마련이
다. 이럴 때는 마음을 비우고 한 분 한 분 열심히 진료하다보면
어느덧 마지막 환자까지 다 보게 된다.

매주 셋째 주 수요일은 오후 진료 대신 경주 산내골의 노인 요
양원에 의료봉사활동을 하러 가는 날이다. 이곳에서 진료를 시작
한 지 만 2년쯤 되니 이 날을 기다리는 노인 환자분들의 수가 점
점 늘어난다. 특히 오늘은 대기 환자가 많다. 오늘 같이 환자가
많은 날, '나만의 대처법'으로 환자와 대화도 더 많이 하고, 요양
원 직원들과 농담도 하면서 느긋하게 즐거운 마음으로 한 분 한
분 진료에 임한다. 마치 소풍 온 듯 약간은 들뜬 마음으로.

오늘은 요양원 환자가 아닌 동네 주민이 치료받으러 오면서 귀한 곤달비 나물을 선물로 주셨다.

"삼겹살에 싸먹으면 최고니더!"

기분이 좋아진다. 평소 주사 안 맞는다며 나에게 반항하고 욕하며 치료받으시던 할머니도 오늘은 웬일인지 얌전히 주사치료에 응하신다. 평소 왼 다리가 절단된 상태로 내게 무릎을 치료받으시던 할아버지께는 일부러 여쭤 본다.

"할아버지, 왼 무릎은 언제 이렇게 되신 거예요?"

걷지 못 해 몇 년째 병상에 누워서 생활하시는 할머니는 "지난번 아저씨(?)한테 주사 맞고 많이 좋아졌심데이~"하며 내게 인사를 먼저 건네신다.

환자분들 진료를 마치고 한숨 돌리려는 찰나, 이번에는 이곳에서 일하시는 직원분께서 미안하다는 듯이 묻는다.

"원장님, 저희도 진료 좀 받을 수 있나요?"

"물론 당연하지요. 어디가 불편하세요?"

그리고는 그들을 진찰하고 치료한다. 대가는 치료 후 나랑 사진 한 컷!

유난히 많이 걸린 오늘의 진료를 다 마치고 돌아가려는데, 이곳 요양원에서 나랑 제일 친한 윤 할머니께서 불러 세운다.

"백 원장, 나랑 사진 한 판 찍고 가이소."

할머니랑 어깨동무하고 사진 찍고 돌아서는 내 등 뒤에서 "원장님 고맙습니데이~" 하는 환자분들과 직원분들의 기분 좋은 인사가 들린다.

"담 달 셋째 주 수요일에 올게요."

손을 흔들며 나서는 요양원 앞동산에 개나리꽃이 꽃망울을 터트리기 직전이다.

그 앞에서 우리 직원들과도 사진 한 장을 찍는다.

봄볕이 따뜻한 수요일 오후, 대기 환자가 가장 많았던 날이었지만 기분 좋게 진료를 마치고 대구로 향한다. 마치 봄소풍 다녀온 듯, 시끌벅적하고 떠들썩했지만 오히려 환자들과 더 많은 대화를 나눌 수 있어 좋았다. 이렇게 나의 소중한 수요일 오후가 지나간다.

베트남에서 온 맥 홍

맥 홍의 고향은 베트남 하노이다. 그곳에 가족을 남겨두고 코리안 드림을 찾아 머나먼 한국 땅을 찾아온 꿈 많은 25세 청년이다. 외국인 근로자와 탈북민을 대상으로 하는 의료봉사활동 차 찾은 달성경찰서에서 그를 처음 만났다.

그는 달성군의 어느 철강 가공 회사에서 일한다고 했다. 월급 130만 원을 받고 짐을 옮기거나 무거운 물건을 드는 등 단순한 노동을 하는데, 수개월 전부터 허리가 아프고 다리가 저려 직장마저 그만둬야 할 형편이라는 것이었다.

간단한 진찰 결과 제법 진행된 허리디스크로 판단되었다. 그래서 외국인 근로자를 대상으로 하는 허리디스크 무료 시술을 받으라고 권했다. 그로부터 보름 정도 지나 우리 병원에서 MRI 검사

를 한 결과 요추 3~4번과 4~5번 사이에 디스크 추간판 탈출증이 확인되었다. 그래서 바로 허리디스크 시술을 시행하였다.

　시술이 끝나고 동행했던 달성경찰서 직원이 카톡을 보내왔다.

　"원장님, 맥 홍이 하는 말이 회사에 아프다고 이야기하니까 동네 병원 데리고 가서 주사 한 방 놔주고 약 처방 받은 게 전부라고 하네요. 그래서 한국 사람 다 그런 줄 알았는데 원장님께서 제대로 치료해 줘서 너무 감사하답니다. 원장님께서 평소에 생각하시는 어려운 소외계층의 치료와 한국이라는 나라의 이미지 개선에 딱 맞아 떨어집니다."

참 보람 있고 기분 좋은 이야기다.

누군가에게 감사 인사를 듣고자 봉사활동을 하는 것은 아니다. 그러나 나의 도움이 꼭 필요한 소외된 이웃(특히 우리가 평소에 곱지 않은 시선으로 바라보는 외국인 근로자에겐 더더욱!)에게 내가 가진 재능을 나누어 준다는 것, 그래서 그들에게 한국 사람의 따뜻한 정을 느끼게 한다는 것, 얼마나 기분 좋은 일인가.

약간의 유도리(?)는 있습니다

처음으로 우리 병원에 오셔서 진료 받고 가시는 환자분들이 내게 가장 자주 하시는 질문이 '예약'이다. 이럴 때마다 "죄송하지만 저희 병원은 예약이 안 되는데요"하며 죄송스런 마음으로 대답한다.

3년 전까지만 해도 나는 오전 접수를 오전 12시까지 받고 오후 접수는 저녁 6시까지 받아 접수된 환자분들은 진료시간이 지나서라도 모두 다 진료해 드렸다. 그렇게 하다가 보니 나 혼자 보는 환자 수가 평일은 200~250명, 야간 진료까지 있는 날은 300~350명 정도나 되었다. 그래서 평일은 오후 8시 30분 정도, 야간 진료가 있는 날은 오후 11시 30분까지 진료를 했었다.

　그렇게 하다 보니 시간에 쫓겨 환자분들께 제대로 된 진료를 못 해 드리고 있다는 생각이 들었다.(사실 그보다는 이러다 내가 죽겠다 싶었다) MRI 장비를 도입하면서부터 환자 수를 줄이는 대신 제대로 된 진단하에 환자에게 세심한 진찰과 치료를 하기 위해 오후에는 환자 접수를 받지 않았다.

　오전 8시 5분부터 50분까지 접수받은 환자는 오전 중에 다 진료해 드리고, 오전 9시부터 12시까지 접수받은 환자는 오후 2시부터 진료하는 독특한 접수 체계를 갖추었다. 이렇게 하루에 약 100~120명 정도의 환자를 보는 이 진료 시스템이 이제는 어느 정도 자리를 잡았다.

　이렇게 하면 오전 9시에 오시는 분은 오후 2시까지 기다려서 진료를 받을 수밖에 없다. 장시간 기다려야 하는 불편함을 감수해야 하지만 오래 기다리신 만큼 충분한 시간을 할애할 수 있다. 그래서 예전에 하지 못했던 꼼꼼한 진료로 환자분들의 치료에 많은 발전이 있었다고 자부한다.

다만 예약제는 특수치료 내지는 시술을 받는 경우에 한해서만 시행하고 있다. (또한 시술을 받은 환자분들은 다음번 내원 시 제한적이긴 하지만 예약 시간을 정해 드린다)

나도 일백 프로 예약제를 도입하고 싶다. 오전에 40명, 오후에 40명 정도를 예약해서 원하는 시간에 환자분들께서 내원하시면 바로 볼 수 있도록 해 드리고 싶다. 하지만 그렇게 하면 다음번 예약날짜를 잡아 드리기가 쉽지 않을 것이다. (환자가 내게 집중되면 3일 뒤 예약이 이미 다 차버린 상태에서 그날 치료해야 되는 환자가 점점 뒤로 밀려 심하면 한 달이 지나야 다음번 예약을 잡아드릴 수 있다. 그렇게 되면 예약제라는 의미가 오히려 환자의 치료를 방해하는 요소가 되어 버릴 수 있다) 그래서 환자분들은 좀 불편하시겠지만 이런 시스템을 고수하는 것이다.

하지만 언젠가는 꼭 예약제를 시행해야 한다고 항상 생각하고 있다. 서울에 있는 유명한 대학교수에게 진료 받으려면 몇 년을 기다려야 된다는 얘기가 있다. 나도 일주일에 3일 근무하고 하루에 30명 정도만 예약을 받아서 진료를 하게 되면 그렇게 될 수 있

지 않을까 하고 가끔 생각해 본다. 하지만 개원의로서 그렇게 할
수는 없다. 먼 곳에서 일부러 찾아오시는 환자분들께 대기시간은
좀 걸리더라도 접수 시간 안에만 도착하시면 모두 다 제대로 된
진료를 해 드려야 한다는 게 나의 원칙이자 소신이다.

　예약제가 없다고 불평하시는 환자분들께서도 이런 사정을 조
금은 이해해 주셨으면 하는 마음이다.

　진료 예약제!
　언젠가는 꼭 하도록 하겠습니다. 그리고 장시
간 대기하는 불편을 끼쳐드려 대단히 죄송합니
다. 아! 물론 환자분 사정에 따라 약간의 유도리
(?)는 있습니다.

한쪽은 서비스입니다

오후 1시 40분. 토요일 오전 진료의 마지막 환자를 치료하고 돌아서려는 순간, 좀 전에 허리를 치료했던 할머니께서 조용히 다가와서 말한다.

"저 원장님. 만날 오른쪽에 주사 맞았는데 오늘은 왼쪽 허리에 주사를 주시던데…."

순간 아차 싶어 환자와 면담하며 메모했던 종이와 환자의 차트를 비교해 보니 아뿔사! 차트에는 오른쪽 허리 통증으로 기재되어 있는데 메모지에는 왼쪽 허리 치료로 되어 있는 게 아닌가? 등골이 서늘해지고 뒷골이 당기는 느낌이 들었다. 그래도 어쩌겠는가.

"할매! 다시 치료하러 가입시더. 오늘은 양쪽 허리 다 치료해

드리려 했는데 깜박하고 한쪽만 치료했네예.”

　태연히 오른쪽 허리에 주사치료를 다시 해드렸다.

　잠시 후 “양쪽 허리 다 치료해 주셔서 고맙습니데이~”하고 가
시는 할머니 뒷모습을 보며 많이 죄송스러웠다. 그리고 의사로서
절대 해서는 안 되는 실수를 한 나 자신을 자책하고 반성한다.

　아주 간혹 생기는 이러한 일들을 사전에 방지하고자 10여 년
전부터 환자와 면담하면서 메모지에 환자 이름, 치료 부위, 주사
약 이름, 다음 내원 날짜 등을 꼼꼼히 적어 환자 치료할 때 다시
한 번 물어보고 확인해서 치료한다. 하지만 의사인 나도 사람인
지라 이런 실수를 저지르는 경우가 1년에 한두 차례씩은 꼭 생기

게 된다.

　간혹 실수로 주사약을 바꿔서 주는 직원들에게는 의료인으로서 절대 해서는 안 되는 실수를 했다며 눈물을 쏙 빼 놓을 정도로 혼꾸녕(?)을 낸다. 그리고 나 자신의 실수도 도저히 용납이 되지 않아 스스로가 매우 실망스럽다.

　아직도 완벽한 의사가 되기는 요원한 걸까?

　내 실수로 두 번씩이나 치료받은 할머니께 전하고 싶은 말이 있다.

　"할머니, 죄송해요. 담부터는 양쪽 허리 다 치료해 드릴게요. 물론 한쪽은 서비스입니다."

TV와 현실은 달라요

"앞으로 6개월 남았습니다."

TV 드라마에서 불치병 진단을 받은 주인공이 의사에게 얼마나 더 살 수 있냐고 물어보면 위와 같이 이야기 하는 경우가 흔하다. 그러면 주인공이 남은 자신의 인생을 정리하다가 딱 6개월째 되면 죽는다는 내용으로 드라마가 전개된다. 그러나 실제로는 '안 그래요~' 올시다.

드라마에서처럼 6개월이니 1년이니 하며 그 사람의 나머지 삶을 결정지어 주는 의사는 현실에서 존재하지 않는다고 나는 단언한다. 아무리 불치병이라지만 사람 목숨을 어떻게 의사가 단정지을 수 있단 말인가? 단지 이런 경우에는, 5년간 살아 있을 확률이 몇 퍼센트 정도 된다는 얘기 정도는 가능하지 않을까 싶다.

이런 경우도 있다. 드라마 주인공이 임종을 앞두고 가족이 보는 앞에서 이것저것 할 말 다하다가 갑자기 축 늘어진다. 이 역시 '실제로는 안 그래요~' 올시다. 사람이 죽어간다는 것은 의식을 잃은 상태에서 심장 박동과 호흡이 점점 약해지며 촛불이 조금씩 약해지다 서서히 꺼져가는 것처럼 그렇게 죽는 것이지 드라마처럼 그렇게 할 말 다 하다고선 갑자기 죽는 경우는 없다는 말이다.

또한 영화에서 악당이 사람들을 납치할 때 마취제를 묻힌 손수건을 사람들의 입에 대면 몇 초 내에 정신을 잃고 축 늘어지는데, 이 역시 전문가인 내 견해로는 말도 안 되는 소리이자 '실제로는 안 그래요~' 올시다.

물론 과거 환자 마취 시 ether라는 마취제를 거즈로 봉한 환자

입 주변에 한 방울씩 떨어뜨리는 '점적 마취법' 이란 게 있긴 했었다. 하지만 이는 워낙 위험해서 이미 수십 년 전에 사라진 마취법이다. 그리고 마취 유도 시간도 오래 걸려서 이 마취제를 묻힌 거즈로 입과 코를 봉한다 해서 사람이 영화에서처럼 금세 정신을 잃는 법은 절대로 없다!

첩보 영화에서는 주인공이 악당의 뒷덜미를 손으로 한차례 가격하면 그 자리에서 악당이 쓰러져 졸도하는 장면이 있다. 이 역시 말도 안 되는 장면이며 '실제로는 안 그래요~' 올시다. 도대체 세상의 어떤 무림 고수가 있어 사람의 목덜미를 손으로 가격해 한 번만에 기절시킬 수가 있는지, 의학적으로 도저히 설명이 안 된다는 게 수십 년 의사로 살아 온 나의 견해이다.

하기야 영화나 드라마에서 무슨 일인들 일어나지 않겠냐마는 의학 지식이 없는 일반인들이 그러한 장면을 보고 행여나 잘못된 상식을 가지지 않을까, 나 혼자 쓸데없이(?), 괜히 걱정되는 마음이다.

하긴 이런들 어떠하며 저런들 어떠하리.

드라마나 영화는 재밌으면 그만이지!

3

언제나
영화처럼

전교 1등
해 보셨나요?

256.

중학교에 진학하고 첫 시험을 치른 후 내 성적표에 찍힌 전교 석차다. 나의 중학교 시절에는 한 반의 인원수가 평균 75명을 넘었고, 우리 학년은 열네 개 반이 있었던 걸로 기억된다. 그렇다면 한 학년 전체 인원이 약 1000명을 넘는 정도이고 그중에서 256등을 했다는 얘기다.

전학을 자주 다녔던 초등학교 시절에도 반에서 3등 이하로 떨어져 본 적이 없었다. 그러던 내가 중학생이 되어 처음으로 치른 시험에서 접한 세 자릿수의 전교 등수는 꽤나 충격적으로 다가왔다. 오죽하면 수십 년이 지난 지금도 256이라는 숫자가 생생하게 내 뇌리에 박혀있을까.

하지만 돌이켜보면 그도 그럴 것이 초등학교 때는 시험을 친다고 해서 따로 공부하지 않아도 그럭저럭 성적이 나왔다. 이런 습관은 중학교에 진학해서도 그대로 이어져 시험 치르기 며칠 전 '대충 공부해도 되겠지' 라고 생각했던 것이다. 당시의 나는 너무나 무지했고 세상을 긍정적으로만 보고 있었다.

당시 공무원이셨던 아버지께서는 항상 외지에 계셨던 터라 부모님과 떨어져 지냈던 나는 누군가로부터 '어떻게 공부하라' 는 조언을 들은 적 없이 스스로 알아서 공부해야 했다. 중학교에 진학한 후에도 초등학교 시절처럼 대충 공부했으니 성적이 제대로 나올 리가 없었다. 중학교 1학년 시절은 그렇게 전교 석차 150등에서 250등 사이를 내내 오르내리다가 2학년으로 진급하게 되었다. 어느 정도 중학교에 적응한 2학년 초, 누구로부터인가 첫 시험을 잘 치르면 그 성적을 계속 유지할 수 있다는 얘기를 들었다.

2학년 들어 치른 첫 시험에서 성적을 올리기 위해 나름대로 노력했다. 드디어 첫 시험에서 무려 88등이라는 성적으로 중학교 진학 후 처음으로 전교 석차 100위 안에 진입하는 쾌거(?)를 이룩했다. 이에 박차를 가하여 그 다음에 치른 시험에서는 36등으로 성적이 훌쩍 뛰어올랐다. 그러자 항상 막내아들을 못 챙겨줘서 안타까워하시던 어머니께서는 먼 곳에서 이 소식을 전해 듣고 무

척이나 기뻐하셨다.

당시에는 공부하는 분위기가 아니었기 때문에 나처럼 스스로 노력하면 누구나 좋은 성적을 받을 수 있었다. 요즘의 학생들처럼 학교 수업을 마치면 학원으로, 학원 마치면 또 귀가해 개인 과외하고, 또 밤늦게까지 공부하지 않았다.

그렇게 성적이 갑자기 오르면서 나는 그때까지 감히 한 번도 생각지도 못했던 전교 1등에 대한 꿈을 꾸게 되었고, 그 다음에

치를 시험에서 전교 1등을 목표로 열심히 공부하였다. 지금 생각
해 봐도 나의 학창시절 전체를 통틀어 그때보다 더 열심히 공부
했던 기억이 없다.

'하면 된다'는 '해보니까 되더라'라는 나 자신에 대한 믿음으
로 확고해졌다. 당시의 나는 스스로 세운 일생일대의 목표를 향
해 정진하였고, 그 결과 그 다음에 치른 시험에서 결국 전교 1등
의 고지를 정복했다. 그런데 아이러니하게도 내가 그토록 갈망하
고 쉽게 달성되지 않으리라 생각했던 전교 1등이라는 일생일대
의 목표를 막상 이루고 나니 오히려 허무한 마음이 든 건 어찌된
일일까. 그때는 기쁨보다는 정상을 지키기가 힘들다는 사실이 먼
저 어렴풋이 다가왔다. 이제는 내려갈 일만 남았다는, 당시 나이
답지 않은 어른 같은 생각을 했던 중학교 2학년 시절의 어린 나.
그런 나를 회상해 보니 그저 웃음만 나올 뿐이다.

아무튼 그 이후로 고등학교 졸업할 때까지 전교 10등을 거의
벗어나 본적이 없었다. 그렇지만 중학교 2학년 시절 전교 1등을
딱 한 번 해 본 이후로 전교 1등은 내 평생을 걸쳐 다시는 해 보지
못했다. 중학교 2학년 때 꿈에도 그리던 전교 1등을 차지한 직후,
나는 1등을 계속 유지하고 1등의 늪에 빠져 소중한 것을 잃고 사
는 것보다 내가 좋아하는 것을 하고 살겠다고 생각했다. 그래서 1

등을 늘 사정권 안에 두면서 친구들과 어울리기도 하고 학교 공부 외에 좋아하는 책도 읽고 했었다. 그리고 이것저것 내가 궁금했던 일들도 경험하면서 사는 게 훨씬 낫다고 생각했던 것 같다. 그 이후로 학창시절 내내 전교 1등을 다시 못해 봤지만 전혀 아쉬움이 없다.

시쳇말로 '1등만 기억하는 더러운 세상' 에서 1등이 되기보다는 한걸음 물러서서 주변도 돌아보고, 내가 사랑하는 사람들과 함께 정상을 향해 끊임없이 노력하는 게 훨씬 가치 있고 보람 있는 삶이라는 것을 깨달았다. 그게 전교 1등이 내게 준 선물이었다.

나이 오십이 넘은 지금도 그때의 믿음이 나는 옳았다고 확신한다.

도어刀魚 선생님

"내 별명은 칼 도刀에 고기 어魚, 도어刀魚 즉 다시 말해 칼
치다."

고 3때 담임선생님은 첫날 첫 대면에서 칠판에 '도어刀魚' 라는
단어를 적고는 자기소개를 하셨다.

찌는 듯이 무더웠던 1984년 여름, 입시 준비에 여념 없던 고3
시절이었다. 요즘은 각 학교 교실마다 한여름에도 에어컨을 틀어
놓고 시원하게 공부한다지만, 내가 고3이던 시절에는 냉방 시설
이라 해봐야 교실 앞 칠판 양 옆에 걸어둔 벽걸이 선풍기 두 대가
전부였다. 가뜩이나 전국에서 최고의 무더위를 자랑하는 대구의
한여름, 그것도 한창 혈기 왕성한 수십 명의 남학생들의 더위를
식히기에 선풍기 두 대는 역부족인 게 당연했다.

사건이 벌어진 그날은 자습시간이었다. 그날따라 너무나 더워 앞자리에 앉은 반 친구 녀석들이 서로 자기 쪽으로 고정시켜 놓으려고 선풍기를 이리저리 돌리면서 신경전(?)을 벌이고 있었다. 아뿔싸! 마침 복도를 지나가던 우리 담임인 칼치 선생님께서 이 장면을 목격하시고는 교실 안으로 쑥 들어오셨다.

"이 짜슥들이 대입 시험이 얼마나 남았다고 열심히 공부는 안 하고 선풍기 가꼬 싸우고 있나? 선풍기 다 끄고! 교실 창문 다 닫아라!"

그리고 교실 뒤쪽으로 가서 뒷문까지 탁 닫고 나가시는 야속한 칼치 선생님.

가뜩이나 찌는 듯한 무더위에 창문까지 꽁꽁 닫고 자습을 시작한 우리들은 그야말로 찜통더위를 체험하고 있었다. 요즘 찜질방의 열기가 그때 우리가 느꼈던 더위쯤 되지 않았나 싶다. 이렇게 5분, 그리고 10분, 다시 5분이 더 지나 15분쯤 지났을까? 마치 한증막에 속에 있는 듯 온 몸이 땀에 젖기 시작하면서 자습하던 아이들이 슬슬 열을 받기 시작했다.

"이 더운 여름에 창문을 닫고 자습하라 카이 미쳤나? 칼치 더위 문 거 아이가?"

한 녀석이 더 이상 참지 못 하고 한마디 하자 여기저기서 열 받던 아이들이 봇물 터지듯 거들기 시작했다.

"맞다. 지는 교실 창문 닫으라 캐놓고 밖에 시원한 데 있으면서."

"오늘 아침 조례시간에 보이~ 칼치 인상이 영 안 좋더라. 어제 부부싸움 한 거 아이가?"

"요새 칼치 야자(야간자율학습) 때 우리 감독하면서 교실 뒤에서 왔다 갔다 하며 스텝 연습하는 거 같던데 카바레 댕기는 거 아이가?"

"맞다. 누가 카던데 ○○카바레에서 칼치 봤다 카는 사람도 있더라."

"카바레 갔다 저그 마누라한테 걸려 아침부터 부부싸움하고 출근해가 우리한테 화풀이하는 거 아이가?"

교실 앞자리에서 자습하고 있던 나도 열 받아 한마디 한다.

"칼치 저거 변태 아이가? 저그 반 아들 공부 열심히 하라고 선풍기 마구 틀어줘도 시원찮을 판에 이기 무슨 짓이고?"

나름 모범생(?)이었던 나도 온몸이 땀에 젖은 채 불만 섞인 한마디를 한다.

"우와~ 착한 승희가 열 받을 정도면 칼치가 너무하긴 너무하네."

누군가 내 말에 맞장구쳐 주니 기분이 좋아졌다.

"오늘 밤에 야자 마치고 학교 앞 분식집에서 막걸리나 한잔 하고 가자!"

농땡이 친구 녀석이 한마디 한다. 그렇게 한마디씩 하던 우리들은 이내 더위에 지쳐 다시 조용해졌다.

막상 땀을 뚝뚝 흘리며 공부하다 보니 나름대로 집중도 잘 되고 오히려 시원해지는 느낌마저 들면서 묘한 희열감이 느껴지기도 했다. 우리들은 그렇게 다시 자습에 열중하고 교실 전체는 언제 그랬냐는 듯이 고요해졌다.

그렇게 시간이 흐르고 자습시간을 마치는 종소리가 울리기 바로 직전! 고요한 정적을 깨고 '드르륵~' 교실 뒷문이 열리는 소리가 들렸다. 앞에 앉아 있던 우리들이 '아직 마치는 종도 안 울렸는데 누가?' 하며 일제히 고개 돌려 뒤를 돌아보니 교실 뒷문을 열고 조용히 나가는 한 사람이 있었다.

아뿔싸!

그는 바로 자습시간 내내 우리들이 그렇게 씹어댔던(?) 도어刀
魚, 우리들의 담임, 칼치 선생님이었다.

아마도 처음 그렇게 화를 내시고 교실을 나갔다가 무더위에 고
생할 우리들이 맘에 걸리셨는지 중간에 다시 들어오셔서 교실 뒤
구석에 계속 앉아 계셨던 것이다. 어쩐지 교실 뒤쪽에 앉은 녀석
들은 한마디도 안 하더라니….

"야들아, 내 카바레 안 댕긴 지 쫌 됐데이."

교실을 나서며 한마디 남기시던 칼치 선생님.

"선생님~ 요새도 카바레 댕기십니까?"

몇 년 전 고등학교 졸업 20주 년 행사에서 잠시 만나 뵙고 농담
하는 내게 "야가 언제적 이야기 하노?" 하시며 빙긋이 웃으시던
칼치 선생님. 휴대폰이 없어 연락도 안 되는 칼치 선생님이 지금
무척 뵙고 싶다.

"항상 건강하세요. 선생님, 사랑합니다."

아빠와 탕수육

초등학교 시절에 나는 유난히 전학을 많이 다녔다. 처음 입학한 대구의 A초등학교에서 2학년까지 다니다가 3학년 때는 경주로 발령이 난 아버지를 따라 경주의 B초등학교에서 3학년을 보냈다. 4학년 때는 다시 대구의 A초등학교로 돌아와서 5학년까지 다니다 6학년에 들어서서 중학교 학군이 좀 더 낫다는 C초등학교로 다시 전학했다. 이렇듯 밥 먹듯(?) 전학을 많이 다닌 나는 초등학교 동창회를 그래서 잘 나가지 않는다. 내가 어느 초등학교 출신이라 자신 있게 말할 수 없기 때문이다.

항상 아버지와 함께 외지에서 생활하시던 엄마가 그립던 초등학교 2학년 무렵, 나는 부모님께서 주말을 이용해 가끔 우리 4남매가 살던 대구로 오시면 엄마 옆에 바짝 붙어서 그동안 못했던 어리광도 부리고 엄마 찌찌(가슴)도 만지곤 했었다. (대체로 그 시절 막내였던 사내애들은 대부분 다 엄마 가슴을 흔히(?) 만졌으며 당시 대학생이었던 나의 사촌형도 자신의 엄마 가슴을 만지는 걸 본 기억이 있다. 물론 그 형도 막내였다)

반면에 공직에 계신 아버지는 막내아들인 나를 '또끼(토끼)'라 부르시며 엄청 귀여워하셨다. 하지만 나는 왠지 낯설고 서먹해서 그냥 아버지라 불렀다. 사실 속으로는 친구들이 자신들의 아버지더러 아빠라 부르는 걸 무척 부러워했었다. 아빠를 아빠라 부르지 못하고 아버지라 불러야 했던 초등학교 2학년 때 나의 심정을 그 옛날 홍길동이라면 알아줄지 모르겠다.

항상 엄마의 정에 굶주려 있던 막내가 안타까우셨는지 부모님께서는 내가 3학년이 되자마자 당시 아버지께서 근무하시던 경주로 나를 전학시켰다. 경주의 B초등학교에서 1년 동안 초등학교 3학년 시절을 엄마 찌찌 실컷 만지면서 마음껏 엄마의 정을 느끼며 보냈다.

그러던 어느 일요일 점심 때, 아버지께서는 중국집에 나를 데리고 가서 외식을 시켜 주셨다. 그때 탕수육이란 중국 음식을 처음으로 먹어 보는 신세계를 경험하게 되었다. 짜장면이야 이전부터 먹어본 음식이었지만 난생 처음 보는 탕수육이란 음식을 입에

넣는 순간의 그 황홀감! '세상에 이렇게 맛있는 음식도 있구나!'

그 감동의 맛에 탕수육을 폭풍 흡입! 그날 부모님과 셋이 함께 한 외식에서 나 혼자 탕수육의 거의 절반 이상을 먹었던 것 같다.

지금은 하루에 한 끼만 먹는 1일 1식을 한다. 그래서 중국집 탕수육을 먹을 기회가 잘 없지만 가끔 결혼식장 피로연 뷔페에서 탕수육을 먹을 때면 그때 먹은 탕수육 맛이 아니라서 아쉽다. 그리고 그 옛날 초등학교 3학년 때 처음 맛본 탕수육이 못내 그리워지곤 한다. 지금도 나는 탕수육을 소스에 찍어 먹는 것보다 고기튀김에 탕수육 소스를 미리 부어 튀김옷이 바삭바삭하지 않고 눅눅하게 된 탕수육을 좋아한다. 아마도 어릴 적 처음 맛본 탕수육이 바로 그 맛이었기 때문이라 여겨진다. 그렇게 부모님과 같이 살며 나는 어려워하던 아버지를 아빠라 부를 만큼 아버지와 가까 워졌다.

그러던 어느 날, 혼자 방에서 자다가 한밤중에 잠이 깨어 무서 운 생각에 부모님이 주무시던 안방에 침입(?)하였다. 엄마를 가 운데 두고 왼편에는 내가, 오른편에 아빠가 누워 자는 상황이 연 출되었다. 그런데 평소처럼 엄마 찌찌를 주물럭거리며 만지다가 문득 나도, 엄마도 아닌 낯선 손과 마주치게 되었다. 잠시 후 그 낯선 손이 다름 아닌 아빠의 손이란 것을 깨달은 나는 큰 충격을 받고는 자다 말고 벌떡 일어나 다시 내방으로 돌아와 생각에 잠 겼다.

'그래. 엄마 찌찌는 내 것이 아니고 아빠 것이었구나.'

큰 깨달음을 얻은 이후, 나는 다시는 엄마 가슴을 만지지 않았 다. 그리고 아버지를 아빠라 부르지 않았고 다시 아버지라 깍듯 이 불렀다. 아마 그 나이 때 엄마를 사이에 둔 남자 아이들의 아 버지를 향한 라이벌 의식의 발로였지 않나 싶다.

하지만 그날 이후로 엄마 찌찌에 손도 안 대는 나를 어머니는 걱정스런 눈으로 바라보셨다. 이유를 모르는 엄마는 아마도 '우 리 막내가 이제는 엄마 찌찌도 안 만질 만큼 컸나?' 생각하면서도 우려하신 듯하다. 그리고 겨우 아빠라 칭하며 친해졌던 막내아들이 당신을 다시 아버지라 부르자 '우리 막내한테 무슨 일이 있나?' 하시며 섭섭해 하시던 아버지의 표정이 지금도 또렷이 기억난다. 하지만 사실 그 사건 이후, 나는 우리 부모님의 귀여운 막내아들에서 남자로 거듭난 것일 뿐이다.

그렇게 초등학교 3학년 시절 딱 1년간 부모님의 사랑을 듬뿍 받고 자랐다. 그 이후 대구로 다시 전학을 와서 부모님과 떨어져 살면서도 나쁜 길로 빠지지 않고 바르게 잘 자라(?) 오늘날 의사까지 되었으니 함께 했던 그 1년 동안 나는 부모님께 받을 평생의 사랑을 다 받은 것이라 생각한다.

이번 주말에는 가족들과 함께 어릴 적 먹던 그 탕수육의 맛을 재현하는 중국집을 가봐야겠다. 그곳에서 탕수육을 먹으며 초등학교 3학년 어린 막내아들이었던 나와 아버지의 탕수육에 얽힌 추억에 젖어볼까 한다.

엄마와 우산

나는 비를 좋아한다. 아니다, 비가 오는 날의 차분하고 호젓하며 쓸쓸한 분위기를 좋아한다는 게 더 정확한 표현일지도 모른다.

내가 초등학교에 다니던 시절, 공직에 계셨던 부모님께서는 늘 외지에 계시며 그곳 관사에서 생활하셨다. 그래서 지금의 경북예고 근처에 있는 한옥에서 4남매는 부모님 없이 우리끼리 그렇게 살았다. 당시 큰누나는 고등학생이었으며 형은 중학생, 작은누나는 초등학교 4학년이었으며 나는 초등학교 2학년이었다.

비가 올 때면 기와집의 처마 밑에 달린 양철 물받이를 때리는 빗소리가 좋았다. 초등학교 2학년 어린 꼬맹이는 시간 가는 줄 모르고 그 빗소리를 들으면서 마루에 있던 라디오(별표 전축이었던가?)에

　서 흘러나오는 알지도 못하는 팝송을 따라 흥얼거리기도 했었다.

　우리 사남매는 각자 알아서 학교에 가고, 숙제하고, 준비물을 챙겨 가야만 했다. 등교하고 난 후에 갑자기 비가 오는 날이면 나는 가방을 머리에 인 채 내리는 비를 쫄딱 맞고 집으로 돌아와야 했다.

　수업 도중 창밖을 내다봤을 때 비가 오면 '아! 오늘도 비를 홀랑 맞아야 하는구나' 하고 걱정했다. 비를 맞고 집으로 갈 용기가 안 날 때는 우산 없는 반 친구들과 교실 밖 복도에서 하늘만 쳐다보며 머뭇거렸다. 같이 있던 친구들이 하나 둘 우산 들고 마중 나온 엄마들과 함께 집으로 가고 결국 혼자 남았을 때, 멀리 계시는 엄마를 속으로 부르며 눈물인지 빗물인지 모르는 뜨거운 무언가가 뺨을 타고 흘러내렸다. 우산을 들고 마중 나온 엄마가 있는 친구들을 부러워하며 어린 꼬맹이는 어쩔 수 없이 내리는 비를 맞으며 집으로 달려가곤 했었다.

 그렇게 비를 맞고 집에 오면서 비와 친해졌다. 나이 오십이 넘은 지금도 비가 오면 어린 시절 우산도 없이 비를 맞고 집으로 오던 그때가 생각나 눈가가 촉촉해지면서 마음 한구석이 저려오곤 한다. 내가 대학을 졸업하고 결혼을 할 때까지도 우리 형제들은 그렇게 부모님과 떨어져 살았다. 그렇게 실과 바늘같이 늘 함께 하시던 아버지께서 돌아가시고 혼자되신 지 11년째 되는 팔순 노모를 생각하니 또 다시 마음이 아린다. 어릴 적 우산을 가지고 마중 나오지 못하던 어머니를 그리던 그 꼬맹이는 이제 어른이 되어 그렇게도 애타게 부르던 어머니를 바쁘다는 핑계로 잘 찾아뵙지 못한다.
 연세가 들어서 그런지 수술 받았던 허리가 요즘 더 아파 외출도 잘 못 하시는 어머니를 생각한다. 그리고 우산을 가지고 마중 나오지 못하는 엄마를 혹시나 하며 기다리던 초등학교 꼬맹이 때의 나를 생각하면서 진료실 창 밖에 내리는 비를 하염없이 바라본다.

토마토 주스

울 엄마는 개원 16년 동안 거의 매주 우리 병원에 허리 치료를 받으러 오신다.

몇 달 전 요추 압박 골절로 병원에 두 달간 입원했다가 며칠 전 퇴원하셨다. 퇴원 후 처음으로 오늘 막내아들 병원에 오시며 건네시는 토마토 주스를 보며 잠시 생각에 잠겨본다.

아들 얼굴도 볼 겸, 허리 치료도 받을 겸 매주 병원을 찾을 때마다 시간에 쫓겨 밥도 안 먹고 진료하는 막내아들을 안타까워하신다. 그래서 아침부터 정성 가득 토마토 주스를 손수 만들어 보온병에 넣어서 한창 진료 중인 내게 "야야, 밥은 묵었나? 이거라도 좀 마시고 일 하거라" 하시며 건네신다.

　하지만 나는 보온병 속의 토마토 주스를 머그컵으로 옮겨 담아
만 놓고 계속 진료를 한다.

　치료를 다 받고 가실 때 어머니께서 다시 내 방에 들러 머그컵
속에 그대로 있는 주스를 보시고는 "아직도 안 먹었나? 지금 쪼
매라도 마시거라" 하신다. 그러면 나는 또 "지금 정신없이 바빠서
엄마 가시면 알아서 먹을게요" 하며 못 미더워하는 엄마를 돌려
보내곤 한다.

　사실 나는 건더기 있는 주스를 좋아하지 않는다.

　그래서 전에는 엄마가 보는 앞에서 무슨 한약 먹듯이 인상을
잔뜩 쓰고 원샷을 하곤 했다. 그러나 요즘은 꾀가 생겨 어머니 가
시고 나서 조금 마시든지 아니면 직원들에게 마시라고 주곤 했

었다.

그러다 엄마가 두 달간 입원하시면서 매주 마시던 엄마의 토마
토 주스를 마시지 못하게 되자 비로소 팔순 넘은 노모의 정성어
린 토마토 주스가 그리웠었다. 드디어 오늘 그 맛을 다시 보게 된
것이다.

돌이 다 되어가는 외손주를 둔 머리 희끗한 쉰 넘은 아들이
엄마 눈에는 여전히 아직도 챙겨줘야 할 4남매의 막둥이로 보
이시겠지. 어머니의 내리사랑을 생각하니 잠시 동안 눈가가 촉
촉해져 온다.

"엄마 ~ 다시는 음식 투정 안하고 해 주시는
주스 맛있게 먹을게요. 제발 엄마가 해 주시는
토마토 주스 오랫동안 맛볼 수 있게 건강하시고
오래오래 사세요. 사랑해요 울 엄마."

당구장 습격 사건

1983년, 고2 때 어느 토요일이었다.

수업을 마치고 집에 가려던 내게 A군이 서부정류장까지 같이 걸어가자고 했다. 당시 내가 다니던 학교 앞까지는 버스가 다니지 않던 시절이라 버스를 타려면 서부정류장까지 걸어가야 했다.

"승희야! 니 당구장 한 번도 안 가 봤제? 오늘 다른 반 친구들하고 당구 한 게임 하기로 했는데 니도 내 따라 당구장 구경 한번 해 볼래?"

서부정류장이 가까워지자 A군이 솔깃한 제안을 한다. 집과 학교와 도서관밖에 모르던 순진한(?) 학생이었던 나는 미성년자에게 출입이 금지된 당구장에 가보자는 A군의 제안에 잠시 당황했다. 그러나 집에 가도 딱히 할 일도 없었고, 당구장도 구경해 보고 싶은 호기심에 그러겠노라며 녀석을 따라 서부정류장 근처의 어느 시장 안에 위치한 당구장으로 들어가게 되었다.

때마침 점심시간이어서 친구들이 시켜주는 짜장면을 먹었다. '세상에 이렇게 맛있는 짜장면도 있구나' 하며 그 맛에 감탄하며 나는 긴장을 잊었다. 한 게임만 하고 간다던 A군이 한 게임 더 하겠다기에 그러라 했다. 그때 무심코 당구장 출입구를 향해 고개 돌리다 심장이 멎을 뻔 했다. 당구장 출입문을 열고 들어오는 손님이 다름 아닌 우리 학교에서 무섭기로 소문난 공포의 학생과장 선생님이 아닌가. 토요일 오후 퇴근길에 학과 쌤도 근처를 지나시다 친구들과 함께 당구 한 게임을 하러 이곳을 찾으신 모양이었다. 그런데 공교롭게도 우리 학교 학생들이 애용하는 이 당구장으로 오신 것이 얄궂은 운명의 장난이 시작된 것이었다.

"학과 쌤이 떴다."

누군가의 외마디 소리가 울려 퍼지자마자 당구장 안에 있던 우리들은 모두 혼비백산하여 당구장 창문으로 뛰어내려 도망을 쳤다. 당구장이 2층에 있었기 망정이지 3층이나 4층에 있었으면 꼼짝없이 선생님께 걸려 잘못하면 정학 처분까지도 받을 수 있는 급박한 상황이었다.

그렇게 혼비백산하여 당구장을 탈출했던 나는 주말 내내 월요일에 학교에 가서 선생님께 혼날 생각에 아무 것도 하지 못했다.

그리고 제발 월요일이 오지 않기만을 간절히 기도했다.

  그래도 어김없이 월요일은 왔고, 학과 선생님의 처분을 기다리던 아침 조례시간이 되었다.

  "오늘 아침 교무회의에서 지난 토요일 서부정류장 근처 모 당구장에서 있었던 불미스런 사건에 대한 이야기가 있었다. 여기서 시시콜콜 다 이야기할 필요는 없고, 사건에 연루된 학생들은 오늘 수업이 파할 때까지 알아서 자수하도록!"

  담임선생님의 말씀을 듣고 더욱더 심장이 오그라드는 느낌을 받았다.

  나와 A는 혹시 그날의 비밀이 새어나가지 않도록 끝까지 오리발을 내밀기로 은밀한 눈빛으로 무언의 합의를 하였다. 자수하여 광명을 찾지 않은 나와 A는 폭풍전야와도 같은 월요일을 그렇게 보냈다. 운명의 화요일을 맞이해 그날도 무사히 넘어가는가 싶었는데 오후 3시쯤, 한창 수업 도중이던 우리 교실의 앞쪽 출입문이 갑자기 드르륵 열리며 공포의 학과 선생님이 등장했다. 그리고는 수업 중이던 우리 담임선생님에게 부탁했다.

  "저~ 선생님, 수업 중에 죄송한데 제가 아이들한테 할 말이 있어 그러니 5분만 자리 피해 주실 수 있겠습니까?"

  마구 쿵쾅거리며 요동치는 심장을 부여잡으며 교단에 선 학과 선생님과 눈도 마주치지 못한 채 고개만 푹 숙이고 있었다. 교단에 서서 한참동안 아무 말 없이 교실 창밖을 응시하던 학과 선생님께서 드디어 긴 침묵을 깨고 입을 여셨다.

"에~ 지난 토요일, 내가 친구들이랑 당구 치러 갔었는데 때마침 당구장에서 당구 치던 우리 학생들이 나를 보고 놀라 전부 당구장 창문 밖으로 도망가 버렸다. 덕분에(?) 내가 경원고 선생인 걸 아는 주인한테 붙들려 그날 도망간 학생들의 당구 게임비며, 중국집에서 시켜먹은 짜장면 값까지 내가 다 물어냈다 아이가. 하필 지갑에 돈이 없어서 집에 있던 우리 마누라까지 불러내서 욕을 바가지로 얻어먹으며 너그들 게임비랑 짜장면 값까지 내가 다 물어냈는데…."

씩씩거리며 엄청난 분노를 우리에게 표출하시리라는 내 예상과는 달리 뜻밖에도 차분한 목소리로 힘없이 뒷말을 잇는 우리의 학과 선생님.

"사실 나는 그날 학생들이 하도 빨리 내빼서 당구장에 누가 있었는지 아무도 못 봤으니 자수하라 캐도 한 놈도 자수 안 할끼고. 당구비도 당구비지만 너그가 먹은 짜장면 값은 너그가 물어야 될 꺼 아이가?"

잠시 한숨을 내쉰 뒤 다시 말씀하셨다.

"지난 토요일 있었던 당구장 사건은 불문에 부칠 테니 제발 야

들아. 내가 물어낸 게임비랑 짜장면 값 좀 돌리도….”

　정말로 불쌍한 표정으로 우리에게 읍소하시는 반전 어린 호소(?)에 학생들은 모두 다 뒤집어지고 말았다. 그러시고는 고개를 숙인 채 힘없이 발길을 옆 반으로 옮기시는 학과 선생님을 몰래 뒤따라가니 “에, 지난 토요일…” 하시며 우리 반에서와 똑같은 이야기를 반복하시는 게 아닌가.

　괜히 고등학생 전용(?) 당구장에 당구를 치러 갔다가 큰 봉변(?)을 당하신 불쌍한 학과 선생님은 그렇게 돌려받지 못할 당구비며, 짜장면 값을 돌려달라고 전 교실을 돌아다녀야 했다는 웃픈(?) 이야기가 아직도 전설로 남아있다.

그래서 학과 선생님께 당구비랑 짜장면 값을 돌려 드렸냐고?
천만에 말씀!

돈을 돌려 드리는 순간 그날 내가 당구장이 있었다는 사실을
스스로 시인하는 꼴이 되어 버리는데, 바보가 아니고서야 어느
누가 스스로 그 비용을 되돌려주겠는가.

결국 심증은 가지만 물증이 없어 범인 검거에 실패하고 봉변만
당한 채 그렇게 학과 선생님의의 '당구장 습격 사건'은 풀리지
않는 영원한 미제사건이 되어 버렸다. 수십 년이 지난 지금에 이
르러 공소시효도 지났다고 판단되어 그 내막을 만천하에 공개하
는 것이다.

지금은 정년퇴직해서 노후를 여유롭게 보내고 계실 학과 선
생님.

쌤! 건강하게 오래~ 오래~ 사세요.

그땐 정말 죄송했습니다.

리얼 맥코이
The Real McCoy

여죄수 캐런 맥코이는 은행 강도로 6년 동안 복역 후 가석방
되어 사회로 복귀한다. 그녀는 아들을 찾아 새로운 삶을 시작하
려 하지만, 이미 다른 여자와 살고 있는 남편이 아들을 내주지 않
는다. 이때 예전의 두목이었던 잭이 아들을 납치한다. 그리고
아들을 담보로 캐런을 협박하여 다시 은행을 털도록 시킨다. 하
는 수 없이 캐런은 우연히 만난 바터와 함께 고도의 기술을 이
용해 은행을 털고, 잭 일당을 함정에 빠뜨린 뒤 무사히 아들을
구출한다.

- 킴 베이싱어 주연의 영화 〈리얼 맥코이〉 중에서

현재 내가 총동창회장직을 맡고 있는 경원고등학교는 입시에

서 의과 대학, 서울대, 연고대 등으로 다수의 합격생을 배출하며 단연 두각을 나타내고 있는 신흥 명문고등학교이다. 그러나 내가 졸업할 당시만 해도 역사가 짧은 신생학교여서 의과대학에는 동문선배가 한 명도 없어 우리가 경북대학교 의과대학 동문 1기가 되었다.

의대에는 동문 선배가 해주는 골학 오리엔테이션이 있다. 이는 의대에서 진급하기 직전 겨울 방학 때 가정집이나 여관에 방을 잡아 실제 사람의 뼈를 가지고 의대 동문 선배가 후배들을 상대로 해부학 공부를 미리 가르쳐 주는 의대만의 독특한 전통이다.

우리 경원고 동기들은 의과대학 선배가 없어 골학 오리엔테이션을 받을 길이 없었다. 그런데 다행히 우리를 불쌍히 여긴 메디칼 사운드 선배들에게 오리엔테이션을 받을 수 있었다. 그렇게 우리는 동문 선배 없는 설움을 본과 1학년으로 진입하기 전부터 몸으로 실감했다.

고교 동문 선배가 없으니 의대 동아리에라도 가입해서 의과 대학 선배를 알아두자고 생각했다. 그래서 MS(Medical Sound) 출신의 나의 절친 유 모 군과 McCoy라는 영어회화 동아리에 가입하게 되었다.

첫 모임이 있던 3월의 어느 목요일 저녁, 나와 유 모 군은 의대

게시판에 붙은 공지를 보았다. 강의 끝나고 의대 동아리방에 모여 간단한 영어 회화를 공부하고, (솔직히 이 동아리에서 영어로 대화를 해본 기억은 첫 모임 말고는 전혀 기억이 나질 않는다) 2차는 지금은 사라진 의과대학 뒷골목 버드나무 식당에서 식사, 3차는 지금은 동아 쇼핑 뒤 염매시장 찌짐(부침개) 집에서 막걸리를 마시는 일정으로 짜여있었다.

동아리 가입 직전 MS 출신 의대 선배들이 McCoy에 가입하게 되면 이름 끝자리가 '우'로 끝나는 사람을 조심하란 얘기를 하셨다. 그러나 나는 첫 모임의 영어회화 시간에서 유창한 영어(?)를 구사하는 '우'자로 끝나는 두 분의 선배를 뵀지만 유식하고 순해 보이는 그들의 인상을 보고는 나름 안도하였다. 영어 회화 시간이 끝나고, 밥 먹으러 가자는 선배들 말에 쫄래쫄래 2차 장소인 버드나무 식당으로 갔다.

아뿔싸! 자리를 잡고 앉으니 귀여운 신입생이 들어왔다며 '우' 자 이름을 가진 두 분의 선배가 동시에 내 양 옆으로 앉는 게 아닌가. 그래도 '설마 날 잡아 잡수시겠어?'라고 생각하며 상 앞에 앉았다. 그런데 상에는 찌개와 약간의 밑반찬, 그리고 막걸리와 소주만 차려져 있을 뿐 아무리 눈을 씻고 봐도 밥상에 밥이 없었다. 그래서 눈치를 봐가며 우측에 앉아있는 선배에게 물었다.

"저… 선배님, 밥상에 밥이 빠졌는데요."

그러자 선배는 막걸리가 철철 넘치는 우동 사발을 내밀며 말했다.

"이기 밥 아이가. 배 고프제? 마이 무라!"

맞은편에 자리한 절친 유 모 군과 나, 그리고 또 다른 신입생들 역시 선배들이 우동 사발 가득 따라주는 술잔을 받는 것으로 신입생 환영회가 시작되었다. 나는 한 방울도 남기지 않고 단숨에 우동 사발의 막걸리를 비웠다. 의기양양하게 다 마신 빈 우동 사발을 머리 위에 거꾸로 들고 흔들어 보이며 만면에 미소를 띠었다. 그 모습을 보던 좌측에 앉은 또 다른 ○○우 선배의 말씀이 이어진다.

"야~ 백승희, 니 술 좀 묵네. 이번엔 내 술잔도 한번 받아라!"

그리고는 쓰디쓴 동해 백주 25도(순한 16도짜리 소주가 대세인 요즘
과 달리 내가 의대생 시절 때는 그 어떤 회사의 소주를 막론하고 알코올 도수가
25도여서 한 잔 마시면 입에서 '캬~' 소리가 저절로 나올 정도로 엄청 독했었
다)를 맥주잔에 가득 부어 주신다. 우동 사발에 막걸리를 마신 데
다가 맥주 글라스에 가득 채운 독한 소주를 연거푸 마신 나는 정
신이 혼미해지기 시작했다.

"선배님! 제 술 한 잔 받으시죠!"

나는 호기롭게 받은 맥주잔에 소주를 가득 채워 선배님께 되돌

려 드렸다.

"야~ 임마 봐래이. 니 어느 동문이고?"

"경원동문인데예…."

"자네 기수가 너그 고등학교 의대동문 1기 맞제? 동문 선배가 없으니 술 매너도 모르는구먼. 술은 잔의 7할만 따르는 게 원칙일세. 제사상에 올리는 술도 아니고, 잔이 넘치게 따라 주는 거는 술 매너가 아니라네."

나는 받은 대로 돌려줬을 뿐이다. 그런데 선배가 후배에게 맥주 글라스가 철철 넘치도록 술을 따르는 건 후배에 대한 사랑이 넘쳐서이고, 내가 선배에게 가득 따라 준 술은 매너에 어긋난다는 이상한 선배의 논리였다.

"넵! 명심하겠습니닷!"

아무튼 그렇게 버드나무 식당에서의 우리 McCoy 동기들의 신입생 환영회는 밥은 구경도 못하고 술로 시작되어 술로 마치게 되었다. 3차로 간 염매시장 뒷골목 찌짐집에서 또 다시 막걸리를 마셨다. 만취하여 젓가락으로 술상을 두드리며 뽕짝 노래를 부르다가 비몽사몽간에 "맥코이 최고다!"라고 외치던 내게 "백승희 최고다!"라고 외치던 두 선배의 흐릿하던 모습을 뒤로 하고 새벽 두 시쯤이 되어서야 길고도 길었던 첫 모임은 끝이 났다.

　나는 다음날 오전 강의를 듣지 못할 정도로 환영회의 후유증을 제대로 겪었다. 그 다음부터 '우' 자로 끝나는 이름의 두 분 선배를 학교에서 마주칠까 두려워 슬슬 피해 다녔다. 그래서 매주 계속되는 술자리를 견디지 못하여 점점 모임 참석을 피하다 결국 명목뿐인 영어회화 동아리 회원이 되었다. 그래도 용케 그 술자리를 잘 견뎌낸 또 다른 우리 동기 녀석은 나중에 '우' 자가 아닌 '호' 자 이름을 쓰는 선배가 되어 후배들에게 그 악명을 그대로 전해 주었다고 한다.

　우리는 경원고교 동문 경북 의대 1기로 입학하여 고교 동문 선배 없던 설움을 톡톡히 받았었다. 하지만 이제는 38기 신입생까지 입학하게 된 역사와 전통을 자랑하는 명문학교이다. 우리 경원고등학교 의대 동문을 바라보면 나는 새삼 자부심을 느끼며 감개가 무량하다.

　가장 기억이 남던 의대 동아리 McCoy의 신입생 환영회를 돌이켜 보면 재미있던 사건도 많았다. 그래서 영화 〈리얼 맥코이〉가 아닌 의대시절 우리들의 'Real McCoy'를 추억해 본다.

페이퍼 체이스

The Paper Chase

미네소타 대학을 졸업하고 하버드 법과 대학원에 입학한 하트는 첫 시간부터 킹스필드 교수의 집요한 질문 세례를 받는다. 킹스필드 교수는 하트의 마음속에 두려움과 동시에 동경과 존경의 대상으로 자리를 잡았다. 하트는 스터디 그룹에 가입해 킹스필드 교수의 수업을 받기 위한 준비에 만전을 기한다. 진심으로 법학에 관심과 흥미가 있기에 하트는 인간적인 모습과 여유를 잃지 않고도 킹스필드 교수의 강의 시간에 두각을 나타낸다. 그리고 운명처럼 다가온 킹스필드 교수의 딸 수잔과의 사랑도 기꺼이 받아들인다. 하지만 힘겨운 법학 공부와 사랑을 양립할 수 있는가에 대해 고민하지만 결국 사랑도 포기하지 않는다. 그렇게 노력하는 하트는 존경과 두려움의 대상이던 킹스필드 교수한테

도 법학도로서 인정을 받게 되는데….

—영화 〈하버드 대학의 공부벌레들 (The Paper Chase)〉 중에서

1987년 동인동 의과 대학으로 캠퍼스를 옮긴 나는 그해 신학기를 맞이하여 의대 본과 생활에 적응하는 데 여념이 없었다.

당시 우리 본과 1학년들에게는 가장 공포의 대상이었던 주 모 교수님이 계셨다. 불과 몇 년 전 학생들에게 가장 악명이 높았던 교수님의 전성기 시절에는 그분의 강의에서 학점을 날려 본과 2학년으로 진급하지 못하고 유급한 학생이 절반이나 되었다는 소문이 우리들을 바짝 긴장하게 했다. 앙심을 품은 학생이 술을 마시고 교수님 차에 오바이트(?)를 했다든가, 아니면 오줌을 쌌다든가 하다가 교수님께 걸려 그해 유급을 당했다는 황당한 전설마저 떠돌았다. 당시 주 모 교수님은 해부학 교실의 절대 지존이자 조직, 발생학의 대가이기도 했다.

교수님을 강의실서 첫 대면하던 순간 나는 영화 〈더 페이퍼 체이스〉 에 나오는 하버드 법대의 킹스필드 교수를 떠올렸다. 그분의 과목에서 낙제를 하지 않기 위해 그분의 강의만 열심히 예습, 복습해서 영화 속 주인공인 하트처럼 그분의 인정을 받게 될 줄 알았다.

그러나 영화는 영화일 뿐이지 현실은 그렇지 않았다.

이런 나의 상상은 그야말로 턱도 없는 착각이었다. 그 교수님의 강의에서는 겨우 낙제만 면할 정도의 학점을 받았다. 하지만 영화 〈더 페이퍼 체이스〉와 굳이 비슷한 점을 따지자면 주 모 교수님의 따님과의 인연이다. 영화 속 하트와 수잔처럼 내가 교수님의 따님과 운명 같은 사랑을 했다는 건 아니고…. 내게 누님뻘인 교수님의 따님과는 5~6년 전부터 같은 테니스 클럽에서 한 달에 한 번씩 테니스를 친다.

테니스 클럽에서 교수님의 따님께서는 회장을 맡고 계시며 그분의 남편도 우리 클럽의 회원이시다. 그래서 의대 졸업하고 끊어졌던 주 교수님과의 인연을 최근 들어 수년째 그분의 따님을 통해 이어가고 있는 중이다. 테니스 모임에서 만날 때마다 의대 시절 아버님께서 학생들에게 공포의 대상이었다고 말씀드리면 그분은 웃으며 말씀하신다.

"울 아버지 집에서는 얼마나 순하신데요."

얼마 전 테니스 모임 후 식사 자리에서 지금은 은퇴하신 주 모 교수님을 모시고 꼭 한번 식사 대접을 하고 싶다는 내게 그리 전하고 자리를 마련하겠다고 하셨다. 그런데 막상 교수님을 모시고 둘이서 식사하는 상상을 하니…. 그 옛날 의대 시절 강의하시다 조는 학생 발견하면 강의를 멈추고 "자네 이름이 뭔가? 번호는 몇 번인가?" 하고 호통을 치시던 교수님 모습이 떠올라 심장부터 벌렁거린다.

햇볕이 안 들어서 그런지 유독 추운 동인동 의대 캠퍼스에서 우리 본과 1학년 학생들은 벚꽃이 폈다가 다 떨어진 5월초까지 겨울 파카를 입고 다녔다. 의대 도서관 문이 열리는 새벽 5시에 등교해서 강의실 앞자리 잡아 두고, 도서관으로 가서 공부하다 강의 시작 시간인 아침부터 강의 마치는 저녁까지, 강의가 끝나면 다시 도서관으로! 그렇게 우리들은 영화 〈더 페이퍼 체이스〉처럼 전쟁 같은 시간을 보냈다.

그대는
인형처럼 웃고 있지만

햇살이 쏟아지던 날
내 청춘 햇살 받던 날
나는 너를 포기했어요

본과 1학년의 빡빡했던 일정을 마치고 본과 2학년으로 진급한 나는 정신없던 본과 1학년 때와는 달리 나름 요령이 생겨 여유 있게 의대 생활을 보냈다.

내가 의예과 1학년 때 총대(과대표를 의대에서는 총대라고 했었다)를 맡았을 때 B반 대표를 맡았던 서 모 군과는 대표 일을 하면서 친해졌다. 수십 년이 지난 지금도 만남을 이어오고 있는 이 친구는 율동에 재주가 있었다.

본과 2학년 강의실 앞 복도에서 쉬는 시간이면 우리들은 당시 한 잔에 100원하던 자판기 커피를 뽑아 마시며 복도에 비치된 소파에 앉아 이런 저런 얘기를 나누곤 했다. 어느 날 갑자기 서 모 군이 친구들 앞에서 당시 '섹시 디바'로 최고의 전성기를 구가하던 여가수 민해경의 〈그대는 인형처럼 웃고 있지만〉이란 노래를 부르며 양 다리를 쫙쫙 찢는 요상한 춤을 추기 시작했다. 그 모습을 보던 나는 '저 노래와 춤으로 녀석하고 둘이 듀엣으로 5월에 있는 행연 가요제에 출전하면 아주 재밌겠는 걸? 대상은 못 타도 인기상 정도는 탈수 있을 거 같아'라는 엉뚱한 생각을 했다.

나는 서 모 군에게 의대 축제 기간 중에 열리는 행연 가요제(의대 재학생만이 참가할 수 있다)에 나랑 듀엣으로 나가자 제안했다. 그 역시 흔쾌히 그 제안을 받아들여 우리는 그날부터 그와 우리 집을 오가며 합숙 훈련에 들어갔다.

드디어 행연 가요제가 시작되었고, 열심히 준비한 만큼 인기상은 받겠다며 우리는 양복을 입은 채 시커먼 선글라스를 끼고 순서를 기다렸다. 그렇게 우리 순서가 되어 무대에 나가 객석을 바라보는 순간! 심사위원석을 보고 우린 둘 다 얼어붙고 말았다. 그날 행연가요제의 심사위원장은 본과 1학년 때 우리를 떨게 만들

었던 '공포대마왕' 주○○ 교수님이 아닌가.

　떨리는 마음과 상관없이 노래 전주가 흘러나오고, 우리는 양다리 쫙쫙 찢어가며 율동과 노래를 시작했다. 노래를 하면서도 교수님의 표정을 살폈다. 우리들을 지켜보던 교수님의 표정이 노래가 진행될수록 점점 굳어지시더니 급기야 심사위원석에서 일어나 밖으로 나가시는 게 아닌가. '아! 인기상은 날아갔구나' 하며 크게 낙담하면서 우리들은 겨우 노래를 마쳤다.

　모든 참가자의 경연이 끝나고 입상자 발표의 순간이 되었지만 노래 중간에 주○○교수님의 굳은 표정을 보았기에 큰 기대를 하지 않았다. 그래도 혹시나 하는 마음에 인기상 수상자 발표에 귀를 기울였지만 역시 다른 참가자가 인기상을 수상했다.

낙심한 우리는 그저 빨리 모든 수상자의 발표가 끝났으면 하는 마음이었다. 그때 갑자기 우리의 이름이 불려졌다.

"백승희, 서○○!"

사회자의 발표에 깜짝 놀라며 얼떨결에 단상으로 나갔다. 그런데 그게 바로 그날 가요제의 대상 수상자 발표였던 것이다.

후에 안 사실이지만 그날 교수님의 표정이 좋지 않았던 데에는 사정이 있었다. 하필 가요제 도중 설사를 만나 표정 관리가 어려웠고 결국 가요제 중간에 급히 화장실까지 다녀오셨다는 얘기를 나중에 누군가를 통해 전해 들었던 것이다.

아무튼 인기상을 노리고 나간 행연가요제에서 뜻하지 않게 대상을 차지한 나와 서는 단숨에 의과대학의 인기 스타(?)가 되었고, 며칠 뒤 열린 의대생들의 쌍쌍파티인 가든파티에 초청되는 귀하신 몸이 되어 앙코르 공연까지 하게 되었다.

햇살이 쏟아지던 날~
내 청춘 햇살 받던 날~

가수 민해경의 노래 가사처럼.

요람을
흔드는 손

둘째 아이를 임신 중인 가정주부 클레어(안나벨라 사이오라 扮)는 산부인과에 진찰을 받으러 갔다. 그런데 웬 엉큼하게 생긴 의사가 나타나 기분 나쁜 소리를 한다. 그리고는 장갑도 끼지 않은 손으로 자기 몸의 중요 부분을 여기저기 주무르는 게 아닌가! 기분이 아주 나빠져서 병원을 나선 클레어는 집으로 돌아와 아무리 목욕을 해도 기분이 개운치 않았고, 남편과 상의 끝에 그 의사를 고발하기로 했다. 그러자 웬걸, 자기 말고도 그런 짓을 당한 여자들이 줄줄이 나타났다. 이런 짓이 탄로가 나자 그 의사는 죄책감 때문인지 자살해 버리고 만다. 그런데 문제는 그 의사에게도 임신한 부인이 있었다는 것이다. 아무 부족한 것 없이 행복하게 살던 의사의 부인 페이턴은 남편의 갑작스런 죽음으로 과부가 되었

다. 그리고 새로 집을 짓느라 빌린 돈을 갚을 수 없게 되어 살던 집에서도 쫓겨나 알거지로 길바닥에 나앉았고, 설상가상으로 아기까지 유산이 된다. 이 모든 불행의 원인이 클레어라는 여자 때문이라고 생각하는 페이턴(Peyton Flanders: 레베카 드모레이 扮)은 당연히 오뉴월에도 서리가 내릴 한을 품게 되었고, 보모로 가장해 클레어의 집에 들어간다. 그리고 계획한 대로 무시무시한 복수극이 시작되는데….

—영화 〈요람을 흔드는 손〉 중에서

시간이 흘러 어느덧 동인동 의과대학에서 생활한 지도 햇수로 4년째, 내가 의대 본과 4학년이던 PK(poly klinic, 임상 실습생)시절

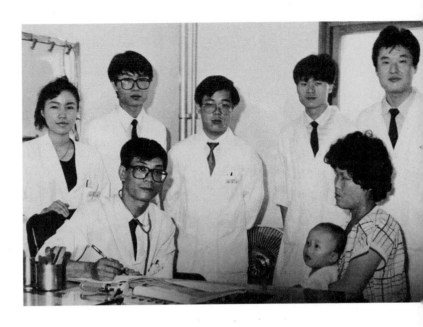

정신과 병동 실습 때의 일이다.

정신과에서 우리 PK 실습생들이 하는 일은 정신 병동에 입원
중인 환자들과 대화하거나 탁구, 카드게임 등을 같이 해 주는 아
주 쉽고도 간단한 일들이었다.

당시 병동에는 조울증으로 입원한 나랑 동갑의 예쁘장한 여대
생이 있었다. 그녀는 실연의 충격을 극복하지 못해 조울증까지
얻게 되어 정신병동에 입원하게 되었던 것이다. 나는 이 동갑내
기 여대생이 안타까워 정신과 실습 일주일간 그녀와 대화도 많이

하고 나름대로 잘 대해 주었다.

그 후 무사히 정신과 실습을 마치고 몇 주가 흘러 그 여학생에 대한 존재조차 까마득히 잊고 다른 과에서 임상 실습을 돌던 어느 날이었다.

당시 나는 형님과 형수님, 그리고 갓 태어난 조카와 함께 살고 있었다. 그날은 오전에 실습을 마치고 일찍 귀가하여 집 대문을 막 들어서는 순간 형수님께서 뭔가 불안하신 듯 주저주저 하다가 말씀하셨다.

"아까부터 도련님 친구라며 어떤 여학생이 집에 찾아 와서 도련님을 기다리고 있어요."

"글쎄요, 지금 이 시간에 집으로 날 찾아올 친구가 없을 텐데요?"

누굴까 하며 안방 문을 열고 들어가는 순간! 나는 그 자리에서 얼어붙고 말았다.

내가 까마득히 잊고 있던 정신병동의 그 여학생이 태어난 지 얼마 안 된 내 조카를 품에 안고 웃으며 "오래 기다렸어요 승희 씨." 하는 게 아닌가?

생각지도 못한 그녀의 방문에, 특히 갓 태어난 조카를 안고 웃으며 태연히 내게 말을 건네는 그녀의 모습을 보고 나는 충격을 받았다. 곧바로 정신을 차리고 그녀를 살살 달래 집 앞 커피숍으로 데리고 나가서 한참 동안 얘기를 나누었다. 아마도 얼마 전 퇴원했던 그녀가 다시 조울증 증세가 심해진 상태에서 누군가와 대화를 하고 싶었던 것으로 보였다. 그 상황에서 실습시절 자신에게 잘 대해 주었던 내가 떠올라 의대 사무실에서 내 이름을 대고 우리 집 주소를 알아내서 날 찾아왔던 모양이었다.

커피숍에서 몇 시간 동안 횡설수설하며 울다가 웃다가 하던 그녀의 이야기를 다 들어주고는 거우 달래 집으로 돌려보냈다. 그날 이후로도 나는 도서관에서, PK 실습 중이던 병원에서, 예고 없는 그녀의 방문에 한동안을 시달려야 했다. 후일 그녀가 다시 정신병동에 입원했다는 얘길 들은 후부터 그녀의 방문은 끝이 났다.

얼마 전 모 케이블 방송에서 〈요람을 흔드는 손〉이란 영화를 보았다. 복수심에 불타는 보모 페이튼이 여주인공 클레어의 아기를 품에 안고 자신의 젖을 물리는 장면에서 아주 오래전 내가 PK 실습생에 시절 겪었던 그 일이 문득 생각났다.

이제 그 여학생도 나이 50이 넘었을 터, 지금은 조울증에서 회복해 건강하고 행복하게 잘 살고 있기를 바랄 뿐이다.

언제나 영화처럼 – Medical Sound!

벚꽃이 막 망울을 터뜨리기 시작하던 1985년 어느 봄날이었다.

경북대학교 본교의 교양 과정동 건물 내 계단강의실에 선배 한 분이 동아리 신입생을 모집하기 위해 교단에 섰다.

"전 세계에 단 하나뿐인 메디칼 사운드…. 그 그룹 사운드의 멤버를 모집합니다. 2년뿐인 예과 시절 동안 메탈과 록 뮤직에 빠져보실 분은 학생회관에 위치한 메디칼 사운드 연습실로 오세요."

막 고3 수험생 딱지를 떼고 새내기 대학생이 되어 '뭐 재밌고 신나는 일 없나?' 하던 내게 밴드의 멤버를 구한다는 선배의 이야기는 관심을 끌기에 충분했다. 내가 초등학생이던 시절에 〈우산이 없네〉란 자작곡으로 대학 가요제 대구 예선을 통과해 본선에 진출했던 경북대학교 의과대학 그룹사운드인 메디칼 사운드가

떠올랐다. 그래서 마침 고3때 한 반이었던 절친 유 모 군(지금은 라섹 수술을 전문으로 하는 안과의원을 개원하고 있는 친구)과 의기투합하여 메디칼 사운드 연습실을 찾아가게 되었다. 나와 유 모 군은 악기라고는 고등학교 시절 통기타를 약간 배운 게 전부였다. 그래서 나보다 통기타를 좀 더 잘 치던 유 모 군은 기타를, 나는 베이스 기타 파트를 맡게 되었다. 그로부터 우리 둘은 약 3개월 동안 전자 기타 교습소를 다니며 기타 실력을 연마하였고, 짬짬이 예과 2학년 선배(음악 활동은 예과 2학년 때 주인공이 되어 활동한다)들이 대학가 페스티벌이나 축제에 초청 받아 공연을 나갈 때 같이 따라 다니며 악기도 날라주고 술도 얻어먹었다.

　시간이 흘러 나와 유 모 군을 비롯해 드럼, 키보드, 보컬, 매니

저 등 모든 멤버가 다 뽑힌 상황에서 처음으로 우리가 합주하기로 하고 연습하기 시작한 곡은 〈나 어떡해〉였다.

〈나 어떡해〉는 제1회 대학가요제에서 서울대 농대 그룹사운드인 '샌드 페블즈'가 들고 나와 대상을 거머쥐었던 곡이다. (배우나 라디오 DJ로 더 잘 알려진 산울림의 김창완 아저씨가 작곡한 곡이다)

MS(Medical Sound) 선배들 말에 의하면 이 노래만 완벽하게 연주할 수 있으면 그 어떤 곡도 다 연주할 수 있다고 했다. 그래서 우리는 예과 1학년 여름부터 가을까지 이 노래 한 곡만 줄기차게 연습했다. (사실 활동한 지 30년이 지난 지금도 '나 어떡해' 이 곡만은 모든 멤버가 눈감고도 연주할 수 있을 정도로 무지 많이 연습했었다)

그 당시 의예과 1학년 시절은 지금의 의대와 달리 매우 할랑(?)하여 시간적 여유가 많았다. 그러나 자의반 타의반으로 의예과 과대표를 맡은 데다 '메디칼 사운드'까지 가입하는 바람에 시간이 어떻게 흘러갔는지 그 꿀(?) 같던 의예과 1학년 시절이 뭘했는지도 모르게 금방 지나갔다.

예과 1학년을 종강하고 겨울 방학이 되자 우리는 지금의 계산 오거리에 있는 서현빌딩 건물 지하에 연습실을 얻어 Deep purple의 〈Smoke on the water〉, Bob Welch의 〈Ebony eyes〉, Grand Funk Railroad의 〈We are an american band〉 등의 노래

를 아침부터 저녁까지 매일 연습하였다. 그렇게 겨울 방학이 끝나고 예과 2학년이 되어 우리 MS 13대는 드디어 꿈에도 그리던 '메디칼 사운드'의 메인 활동 기수가 되었다. 그러나 MS의 메인 기수로 활동한다는 것은 생각했던 만큼 그리 화려하지도 만만하지도 않은 시련과 고난의 연속이었다.

우여곡절 끝에 1986년 가을에 MS 13대 단독 콘서트를 마치고 우리는 그 다음 주인공이 될 14대 후배들에게 서서히 자리를 내주었다. 당시 우리에게 세상 전부와 같았던 '메디칼 사운드'와도 서서히 정을 떼면서 작별을 고하는 연습을 하고 있었다.

그 이듬해 의과 대학으로 진급하고 동인동 의대 캠퍼스로 옮긴 우리들은 열병과도 같았던 MS에서의 시간들을 잊은 채 의사가 되기 위한 공부에 여념이 없었다. 의대 졸업 때까지 매년 한 번씩 패밀리 콘서트에 찬조 출연하여 근근이 MS와의 인연을 이어오다 학교를 졸업하면서 우리 13대 멤버들은 뿔뿔이 흩어졌다.

의대 졸업하고 수련의 생활, 군 복무를 거쳐 각자 개원의로 자리 잡아가던 2003년의 어느 날.

의대 동기회에서 다시 만난 우리들은 오랫동안 잊고 있던 메디칼 사운드의 추억을 떠올렸다. 그리하여 1991년 의대 졸업 후 12년 만에 다시 뭉치기로 의기투합하여 'MS 포에버'란 팀으로 새로이 거듭나게 되었다. 우리는 동인동 지하에 연습실을 얻고 각자 파트의 악기를 샀다. 그리고 매주 월요일 저녁 일과를 마치고 새로이 연습에 돌입했다. 그 후 의사회 체육대회나 선후배, 동기들 행사, 방송국, 공연장 개관 기념회 등에 초청받아 간간이 공연도 했다. 그리고 지난 가을에는 가까운 분들만 초청하여 우리들만의 작은 콘서트를 열기도 했다.

몇 년 전부터는 'MS 포에버' 연습실을 사랑모아병원 옥상으로 옮겨 연습 중이다.

세월이 흘러 50줄에 접어든 우리들이지만 음악에 대한 열정만큼은 아직 MS에 올인했던 20대 시절에 못지않다. 우리는 언제까지 음악을 할 수 있다고 장담할 수는 없다. 하지만 개원 생활을 하면서 잊고 있던 음악에 대한 열정을 매주 월요일 저녁에 불사를 수 있다는 사실 하나만으로도 행복하고 복 받은 인생이라 생각한다. 이렇게 꾸준하게 활동한다면 나이 일흔이 넘어서 백발이 성성한 노인들의 밴드도 가능하지 않을까 상상하니 그 모습도 너무 재미있고 우스울 거 같아 가끔 혼자 실없이 미소 짓는다.

의사로서 진료에 매진해야하고, 봉사활동에, 사회 활동에, 운동선수 후원까지 하는 바쁜 일상을 보낸다. 하지만 매주 월요일 저녁만큼은 모든 걸 잊고 젊었을 적 친구들과 음악을 연주하고,

옛 얘기도 하면서 우리들의 푸르고 행복했던 시간들을 회상하면서 새로운 에너지를 충전한다.

언제나 영화처럼!
인생이 힘들고 고달프지 않은 사람이 누가 있으랴. 하지만 행복은 사람 마음먹기에 달린 것.

영화처럼 바쁘고 익사이팅한 일들의 연속인 삶이 너무 행복하다고 생각한다. 거기에 'MS 포에버' 라는 나만의 자그마한 휴식 공간이 있다는 사실이 감사하고 다행스럽다.

MS 포에버! MS여 영원하라!

4

날아라
슈퍼보이

기적의 그라운드 홈런

요즘 학생들의 관점에서는 믿기지 않겠지만 내가 고등학교 다니던 시절은 자율학습도 없었고 과외가 금지되어 있던 시기였다. 그래서 학교 수업을 파한 우리들은 공부할 사람은 학교 도서관으로, 놀러갈 사람은 놀러 다녔다. 요즘처럼 자율 학습에, 과외다, 학원이다 하며 초등학생부터 고3 수험생까지 모든 학생들이 숨 쉴 틈 없이 짜인 지옥 같은 스케줄을 소화해야 하는 시기가 아니었다.

내가 고등학교 2학년 때에는 갓 출범한 프로야구가 선풍적인 인기를 누리던 시대였다. 이런 분위기로 인해 우리 반에도 프로야구 광팬들이 많았다. 그래서 혈기왕성한 우리들은 야구팀을 만들어 방과 후 다른 반 팀들과 야구 시합을 종종 하였다.

프로야구팀을 흉내 낸 우리 반 야구팀의 이름은 '바퀴벌레스'였다.

어릴 적부터 야구를 좋아했던 나는 초등학교 시절에는 주로 반의 주전 투수로 활약했지만 고등학생 때는 바퀴벌레스 팀의 주전 포수로 활약하였다. 당시는 포수 마스크가 귀한 때라 마스크 없이 포수를 봐야 했다. 그러다보니 시합 중 포수가 야구공에 얼굴을 다치는 경우가 많아 선뜻 나서는 사람이 없었다. 그래서 어쩔 수 없이 내가 주전 포수를 맡아야 했다.

보통 오후 네 시에 학교 수업을 파하면 그전에 미리 정해진 약속대로 다른 반과 야구 시합을 했다. 한창 야구에 꽂혀 있던 시기라 우리 바퀴벌레스 팀의 성적은 나름 승률이 높았다. 주전 포수이자 팀의 3번 타자로 공격에서도 상당한 비중을 차지하던 나는 당시 최고의 인기를 구가하던 삼성 라이온즈의 이만수 같은 홈런형 타자는 아니었지만 장효조 같은 교타자 스타일(?)이었다.

어느 초여름 날, 방과 후 옆 반 '똥파리스' 팀과 두당 천 원씩을 내고 내기 야구 시합을 벌이게 되었다. 몇 차례 상대해 보았던 팀이기에 서로에 대해서 너무나 잘 아는 상태였고 당시 학생들로서는 거금인 천 원을 지키기 위해 혼신의 힘을 다해 일전을 치르게 되었다.

경기 초반은 각 팀 에이스의 팽팽한 투수전 양상이었다. 하지만 경기 후반 각 팀 투수의 힘이 빠질 무렵부터 난타전의 양상으로 전개되면서 경기 스코어 5대 6으로 우리 팀이 한 점 뒤진 채 마지막 이닝인 7회 말까지 경기가 이어졌다. (당시 우리들은 시간 관계상 모든 경기를 7회까지만 했다)

우리 팀이 한 점을 뒤진 7회 말, 마지막 타자로 내가 타석에 들어섰다. 2사 후에 바로 내 앞 타석에서 포볼로 걸어 나간 신 모 군이 1루에 있었고, 사람의 형체만 겨우 구분할 정도의 어둠 속에서 타석에 들어서니 많은 부담이 되었다.

그리고 시간이 없었다. 더 어두워지기 전에 여기서 끝내지 않

으면 경기는 끝나기 때문이었다. 그런데 너무 어두워 공이 보이
지 않았다.

제1구 "스트라이크!"

제2구도 "스트라이크!"

이러다 삼구 삼진아웃 당할 판이었다. 제3구째 투수가 공을 던
졌고 나는 '에라 모르겠다' 하고 두 눈을 딱 감고 냅다 배트를 휘
둘렀다. 그러자 툭 하고 배트에 빗맞은 공이 상대팀 투수를 향해
떼굴떼굴 굴러갔다.

황당하게도 내가 친 공의 행방을 양 팀 선수들 아무도 알지 못
했다. 날이 완전히 저물어 주위 사람의 형체조차도 알아보기 힘
든 상황에서 넓디넓은 학교 운동장에서 굴러가는 야구공을 아무
도 찾아내지 못했던 것이다.

타격 후 1루를 거쳐 어둠 속에서 상대팀 선수들이 내가 친 공을
찾아 우왕좌왕하는 사이 2루, 3루를 돌았다. 그리고 이미 홈플레

이트를 밟은 선행주자에 이어 우리 바퀴벌레스 팀 친구들의 열화와 같은 환영을 받으며 나도 홈으로 들어왔다.

망연자실해 하는 똥파리스 팀을 뒤로 한 채 우리 팀은 대역전승을 거두게 되었고, 끝내기 안타 겸 그라운드 홈런을 치게 된 나는 그날 경기의 영웅이 되었다.

고교 시절 방과 후에 야구 시합을 하던 옛 추억을 떠올리며 미소 짓다가 지금 입시 지옥을 겪는 어린 학생들을 생각하니 마음이 무거워진다.

지금의 어린 학생들에게 그 옛날 나의 학창 시절을 되돌려 줄수는 없을까. 마음이 쇳덩이처럼 무겁다.

재능기부

2012년에 1억 기부 클럽인 아너 소사이어티에 가입했다. 그러나 돈만 내고 마는 1회성 기부에 뭔가 모를 허전한 갈증을 느껴 그 무렵부터 의사로서의 재능을 사회에 기부하자는 생각을 갖기 시작했다. 물론 이전부터 장애인 복지관이나 대구 인근 수용시설에서 간간히 해 오던 의료봉사활동을 이때부터 본격적으로 하기 시작했던 것이다.

그 후 한 달에 약 6회 정도 의료봉사활동을 하면서 제대로 된 치료를 하겠다는 마음으로 대구 시립희망원에 대당 사천만 원 상당의 시암(C-arm) 장비(방사선 치료 장비)를 기증했다. 하지만 그럼에도 불구하고 병원에서만큼의 깊이 있는 최상의 치료를 환자분들께 제공하지 못한다는 자책감이 항상 내 마음 한구석에 자리하고 있었다.

이제는 여건이 제법 무르익었다고 판단되어 달성군 관내 외국인 노동자와 탈북민을 대상으로 척추 질환 환자에게 무료로 허리

디스크 시술을 시행하기에 이르렀다. 1회 시술에 MRI 검사와 시술 재료대를 포함해서 약 250만 원이 소요된다. 그렇지만 사랑모아통증의학과와 본인이 이사장으로 있는 자운복지재단이 공조해서 협조만 잘 된다면 한 달에 두 명 정도, 1년에 24명, 약 6000만 원 정도의 예산으로 제대로 된 치료를 받지 못하는 외국인 근로자와 탈북민들께 무료 시술의 혜택을 드릴 수 있게 될 것 같다.

　이럴 때 의사여서 참으로 다행이고 행복하다.
　가끔 나는 몽상가가 되어 잘나건 못났건, 돈이 있건 없건, 지구에 사는 전 세계 73억 모든 인류가 자신이 가진 재능을 한 가지씩 기부하는 세상을 상상해 본다.
　먼저 세상을 떠난 비틀즈의 전 멤버 John Lennon이 자신의 노래 〈Imagine〉에서 꿈꾸던 그런 세상을 말이다.

You may say I'm a dreamer,

but I'm not the only one.

I hope some day you'll join us,

and the world will live as one….

당신은 나를 몽상가라고 말할지 몰라요.

하지만 나 혼자 그런 생각을 하는 게 아닌 걸요.

언젠가 당신이 우리 생각에 동참하길 바라요.

그리고 세상은 하나가 되는 거예요.

봉사는 즐거워

벌써 5년째 매주 수요일 오후에 희망원을 방문한다. 사실 지금으로부터 약 2년 전에는 건강도 좋지 않았고 정신적으로도 지쳐 있었다. 그래서 희망원에 가는 일이 너무 힘들어 봉사활동을 그만 두어야 하나 하는 고민을 했던 적이 있었다. 당시는 건강이 안 좋아 수요일 오전 진료를 마치면 몸이 파김치가 되었다. 그런 몸을 이끌고 희망원으로 가면 진료 도중 나도 모르게 꾸벅꾸벅 졸기까지 하여, 그곳 간호과장님으로부터 '어디 몸이 안 좋으시냐?' 는 얘기를 듣기도 했다.

그런 상황에서 우연찮게 모 방송국에서 휴먼 다큐를 찍게 되었다. 약 한 달간 다큐를 찍으며 그간 바쁘게 산다는 핑계로 나도 모르게 잊어버리고 있었던 환자에 대한, 아니 사람에 대한 생각을 다시금 하게 되었다. 아무런 생각 없이 남을 돕는다며 이리저리 돌아다닌 내 자신을 부끄럽게 여기고 반성하게 되었다.

남에게 봉사하려는 사람의 마음에 '오늘 하루는 쉬고 싶다',

'오늘은 가기 싫은데…', '언제까지 이 일을 해야 하나?'라는 마음이 들면 그 자체로 봉사활동은 그 생명을 잃어버리는 것이다. 그런 마음이라면 차라리 그 시간에 집에 가서 잠을 자는 게 낫다. 다큐 촬영 후 다시 마음을 다잡게 되었고 건강을 회복하여 이제는 즐거운 마음으로 봉사활동에 임할 수 있게 됨을 감사하게 생각한다.

이제는 희망원 식구가 가족처럼 느껴진다. 매주 수요일에 내가 방문할 때마다 반겨주는 이분들을 어찌 남이라 생각할 수 있으랴. 이렇게 내 가족을 만나러 가는 길이 어찌 힘들고 고달플 수 있겠는가?

갈 때마다 희망원 식구들과 이런저런 얘기를 나누며 즐겁게 진료를 하고 돌아온다. 늘 다음 주가 기다려지는 즐거운 수요일 오후, 이들 덕분에 가뿐한 마음으로 내일을 준비한다.

의사라서 행복해요

가끔 의사 친구들을 만나면 하는 얘기가 있다. 빨리 돈 벌어서 이 힘든 일 그만두고 여생을 즐기며 살고 싶다고. 특히 개원의들의 경우 좁은 진료실에 하루 종일 갇혀서 온갖 사람들을 상대하는 이 일이 너무나 힘들다고 말하는 이들도 많다. 힘들면 훌쩍 여행이라도 떠나고 싶고, 몸이 아프면 하루 쉬고도 싶은데 그조차도 싫지 않은 게 우리네 일이니까.

나는 지금 의사로서 하는 이 일이 힘들지 않냐고 누가 물으면 망설임 없이 '아니오'라고 대답할 것이다. 오히려 "하루하루가 가슴 설레고 너무나 즐거운 걸요"라며 자신 있게 말할 수 있다.

디스크가 터져 걷지 못해 휠체어에 앉아 내원한 할머니를 치료해서 걸을 수 있게 만들었다고 상상해 보라. 어찌 흥분되고 보람되지 않겠는가?

연이은 부상에 신음하던 최두호(UFC 파이터) 선수를 치료해서 그

와 함께 옥타곤에서 함께 숨쉬며, 바로 옆에서 그의 경기를 지켜
본다고 상상해 보라. 심장이 터질 듯한 흥분과 그를 치료한 의사
로서의 뿌듯함이 상상되지 않는가?

내가 치료한 프로야구 선수가 부상에서 회복해 씽씽하게 공을
던지는 모습을 보면 어찌 기분 좋고 설레지 않을 수 있겠는가?

의사생활을 하면서 번 돈으로 국내 랭킹 1위의 여자 프로 테니
스 선수인 장수정 선수를 후원하고, 그녀가 전국체전에서 사랑모
아 로고를 달고 2년 연속으로 대구시에 금메달을 따 주고, 후원한
지 1년도 안되어 세계 랭킹을 무려 100위씩이나 끌어 올렸을 때,
어찌 보람 있고 흥분되지 않겠는가?

로드FC의 파이터 최무겸 선수가 내게 치료받고 성공적인 방
어전을 치른 후 내 타임라인에 "원장님께서 치료 안 해 주셨다
면 경기를 뛰지 못했을 겁니다. 너무 감사드립니다"하고 올린
글을 봤을 때, 내가 의사가 아니었다면 어찌 이런 인사를 들을

수 있겠는가?

　PGA의 배상문 프로가 무명시절 치료받고 난 다음 주 우리나라에서 제일 큰 메이저 대회인 한국오픈에서 우승하는 장면을 TV로 시청하면서, 그를 치료한 의사로서 얼마나 뿌듯했던가.

　매일매일 다양한 사람들과 의사와 환자의 관계를 맺으며 친분을 쌓는다. 어찌 흥미롭고 재미있는 일이 아니겠는가?

　의사란 직업을 가져서 즐겁고 보람된 일들이 너무나도 많은데 어찌 지금 하는 내 일이 힘들고 고달프다고 생각할 수 있을까. 그래서 의사란 직업이 힘들지 않느냐고 내게 묻는 사람들에게 자신 있게 말할 수 있다!

　"이보다 더 멋진 직업이 있을까요? 의사라서 행복해요. 단! 의과대학은 다시 다니라면 못 다닐 거 같아요."

슈퍼보이 최두호

2011년 8월 8일.

이날은 최두호 선수와 필자가 의사와 환자로 처음 인연을 맺은 날이다.

1991년생의 홍안의 청년이 진료실 문을 열고 들어왔다. 약간의 디스크 증상으로 허리가 아파서 땅바닥에 앉아 양반다리를 못한다는, 당시로는 일반인들에게 생소한 스포츠인 이종격투기를 한다는 이 청년은 의외로 곱상한 외모와 조용한 말투로 의사인 내게 조금은 특별한 느낌으로 다가왔다.

이미 2011년 5월부터 본원에서 다른 원장에게 치료를 받다가 그날 처음 필자에게 진료 신청을 해서 오늘까지 이어지는

그와의 인연은 이렇게 시작되었다.

당시로는 생소했던 이종격투기는 과격하다, 잔인하다, 싸움 같다 등의 편견이 있었다. 나 역시도 격투기에 문외한인지라 그에게 큰 관심을 가지지 않았었고 두호는 그저 운동하다 부상이 오면 가끔 우리 병원에 들러서 치료받고 가기를 반복했다.

두호는 당시 시합이 전혀 없다시피 하던 국내가 아닌 종합격투기가 활성화되어 있는 일본에서 주로 활동했는데, 이미 그 당시에도 일본에서는 적수가 없을 정도로 실력을 인정받고 있었다고 한다.

필자 역시 최두호 선수가 병원에 올 때마다 근황을 물어보게 되었다. 당시 그는 일본의 DEEP이라는 격투기 단체에서 활동 중이며, 일본에서는 적수가 없을 정도로 이미 유명한 선수라는 이야기를 주위 사람들을 통해 듣게 되었다. 또 인터넷 검색을 통

해 그의 경기를 보면서 점점 팬이 되어가고 있
었다.

　당시 최두호 선수는 일본에서 승승장구하며
종합격투기계에 이름을 알리고, 세계 최고의 격
투기 단체인 UFC에서도 그에게 슬슬 관심을 가
지기 시작하던 때였다. 그러던 어느 날 병원에
찾아온 두호에게 농담반 진담반으로 말했다. 최
선수가 UFC에 진출하게 되어 유명해지게 되면
국내 기업들이 스폰서를 하려고 줄을 설 텐데
혹시라도 스폰서 계약이 여의치 않으면 내가 스
폰서를 서 주겠노라고. 물론 최 선수도 알겠다
고 고개를 끄덕였는데 그게 오늘날 필자와 그가
계속 인연을 이어가게 된 시발점이 될 줄은 아
무도 알지 못했다.

　　일본과 한국을 오가며 종합격투기 선수로서
의 입지를 다지던 그에게 어느 날 일생일대의
위기가 닥쳤다.

　　이미 페더급에서는 일본의 최강자가 되어버
린 그에게 UFC의 러브콜이 잇따르면서 일본에
서의 마지막 경기가 잡혔다. 이 경기를 이길 경
우 세계 최고의 종합격투기 무대인 UFC에 데뷔
할 수 있는 인생 최고의 기회인데 부상이라는
달갑지 않은 손님이 그를 찾아오게 된 것이다.

　　2013년 6월 15일, 일본의 동급 최강자 마루야
마 쇼지와의 경기를 불과 몇 주 앞두고 두호가
왼팔을 못 들겠다면서 필자를 찾아왔다. 격투기
선수가 왼팔을 쓸 수 없다니…. UFC 진출이 걸

린 중요한 시합이라 연기할 수도 없는 상황에서 최악의 경우 오른팔로만 상대방과 싸워야 하는, 말도 안 되는 상황에 처하게 된 것이다.

　몇 달 후 본원에서 MRI 도입을 하여 검사를 하니 어깨관절와순 파열이라는, 어깨를 많이 쓰는 운동선수에게 자주 올 수 있는 질환이라는 것을 알게 되었다. 하지만 당시로서는 얼마 남지 않은 시합 전까지 일단은 왼팔을 움직일 수 있도록 만드는 것이 급선무였다. 약 2주간의 집중치료로 그럭저럭 겨우 왼팔을 들 수 있게 한 후 두호를 일본에 보내는 내 심정은 착잡하기 그지없었다. 한쪽 팔로만 일본의 최강자와 격투기의 최고 무대로 나갈 수 있는 기회가 걸린 경기를 해야 하는 두호 본인의 마음은 오죽 했을까?

그렇게 일본으로 보낸 몇 주 후 의사로서의 일상에 정신없던 어느 날 두호가 일본 술 한 병을 사들고 병원에 찾아왔다.

"원장님! 이겼습니다. 그리고 UFC측과 곧 계약을 맺을 거 같습니다!"

두호의 한마디에 뛸 듯이 기뻤고, 의사로서의 보람이 느껴지는 순간이었다.

두호에게는 온몸을 사용해야 하는 격렬한 운동에서, 그것도 한쪽 팔이 부상당한 절체절명의 위기에서 자신에게 다가온 일생일대의 기회를 놓치지 않으려는 정신력과 근성이 있었던 것이다. 이 보이지 않는 엄청난 무기를 가진 두호에게 비로소 인간적으로 매력을 느끼면서 흠뻑 빠져들기 시작했다.

20대 초반, 나이도 어린 친구가 포기하지 않고 위기를 극복해 내는 모습이 커다란 감동으로 다가왔다.

함께 가자 슈퍼보이

한창 환자 진료에 여념이 없던 내게 코리안 슈퍼보이 최두호로부터 한 통의 문자가 왔다. 브라질 출신의 주짓수 블랙벨트 출신 티아고 타바레스와 한국 시간으로 오는 7월 9일 미국 라스베가스에서 경기를 치르게 되었다고.

UFC 전적만 10승 6패인 베테랑 파이터인 타바레스와 경기를 가지게 되었다는 그의 문자에 나는 하던 진료를 멈추고 당장 그에게 전화를 했다.

"두호야! 그 친구는 타격가가 아니어서 그라운드에서 승부가 날 거 같은데 괜찮겠나?"

"원장님! 저는 세계적인 주짓수 고수들과 유도 선수 출신, 혹은 레슬링 선수들과 타격 아닌 그라운드 기술로 싸워서도 밀리지 않을 자신이 있습니다. 이번 시합도 아주 재밌는 경기가 될 테니 기대해 주세요."

우려하는 내 말에 두호의 씩씩한 대답이 나를 안심시켰다.

"이번에 미국에서 시합한다는 사실을 아직 내 페이스북에 공개 하면 안 되겠제?"

"네! UFC 측에서 공식 발표가 있고 나서 언론에 공개될 테니 아직 1~2주는 기다려야 할 겁니다. 지금 제가 시합 잡혔다고 공 개해 버리면 UFC 측이 발칵 뒤집힐 거예요."

"오냐! 입이 근질거리긴 하지만 공식 발표 때까지는 함구하고 있으마! 그나저나 팬들이 그토록 고대하던 경기가 확정됐으니 지 금껏 열심히 준비했듯이 시합 때까지 아무 생각 말고 운동에 전 념하시게."

이 사실을 함구하기로 했던 나와 두호와의 약속을 무색하게 만 들어 버리듯 바로 두호의 경기 확정 소식이 언론에 공개되어 버 렸다. 언론보도를 보고 깜짝 놀란 내가 바로 두호에게 전화하니 그 역시도 "아직 계약서 사인도 안 했는데 UFC측에서 이렇게 빨 리 발표할 줄은 몰랐네요~헤헤" 하며 웃었다.

사실 이제야 공개하는 비화이지만 코리안 슈퍼보이 최두호의 이번 경기가 우리는 성사되지 못할 것이라고 생각했다.

지난해 11월 28일 서울서 열린 UFC파이트 나이트 인 서울에서 샘 시실리아를 꺾고 국내 종합격투기 팬들에게 강렬한 인상을 남기며 우리나라 출신 UFC 선수들 중 차세대를 이끌 신예스타로 떠오른 바로 그 시기. 많은 사람들이 최두호에 대해 점점 기대치

를 높여가고 있던 바로 그때 '코리안 슈퍼보이'는 아직 해결하지
못한 자신의 병역 문제에 대해 깊은 고민을 하고 있었던 것이다.
서울대회 후 일약 스타로 떠오른 두호를 위해 경기 직후 우리 병
원에서 가진 환영회에서 말했다.

"두호야. 이제 자네도 한 명의 개인이 아닌 모든 국민들이 아는
공인이라네. 아직 자네가 병역 미필이니 다른 거는 다 몰라도 군
대 문제만큼은 팬들이 의혹을 가지지 않도록 투명하게 해야 할
걸세…"

그로부터 몇 달 뒤인 지난 3월의 어느 날 두호에게서 전화가
왔다.

"원장님! 저 군대부터 갔다 와야 할 거 같아요. 어차피 갔다 올
군대니 지금 갔다 오면 제 나이 스물여덟입니다. 그때부터 서른
다섯까지 현역생활을 해도 충분할 거 같은데 원장님께서는 어떻
게 생각하세요?"

뜬금없이 군대에 가겠다는 두호의 말에 잠시 당황스러웠다. 또
이제 막 날개를 펴서 날아보려는 전도유망한 파이터가 2년의 공
백기 후 지금의 기량을 유지할 수 있을지도 걱정이 되었다.

"두호야! 군대에 가 있는 2년 동안 운동 제대로 못하면 제대 후
지금의 실력을 유지할 수 있겠니?"

"원장님. 원장님께서 누구보다 제일 잘 아시듯이 제가 부상을

많이 당해서 많이 쉬었지만 경기 감각만큼은 1년을 쉬든 2년을 쉬든 그대로일 거라 생각합니다. 대한민국의 남자로서 당당하게 군대 다녀와서 다시 열심히 훈련에 매진한다면 지금처럼 세계무대에서도 충분히 통할 거라고 생각합니다."

"그래, 그러면 군대 다녀와서 우리 다시 시작해 보자꾸나!"

전화를 끊고 나서 아직 어린 나이지만 '우리 두호가 정말로 사려 깊은 젊은이가 되었구나' 하며 흐뭇해했었다. 사실 두호가 군대를 가려고 준비 중이라는 사실은 몇몇 지인들만 아는 극비 사항이었다. 가끔 두호의 팬들이 내 페이스북을 통해 경기가 언제쯤 잡힐 것 같냐고 물어 보실 때, 사실 난 난감하기 그지없었다.

만일 두호가 추진하던 대로 5월경에 입대했더라면 언론에 발표된 올해 7월 미국 라스베가스에서의 경기는 당연히 성사되지 못했을 것이다. 하지만 세상 모든 일이 그렇듯이 뜻대로 되지 않는 법이다. 요즘은 군대에 가기도 하늘의 별따기란다. 취업이 어려운 요즘 젊은이들이 모두 군대로 몰려 대기 인원이 너무 많아서 심지어 몇 년을 기다리기도 한다는 게 요즘의 현실이다. 그렇다 보니 신청만 하면 금방 군대에 갈 줄 알았던 두호도 차일피일 막연히 순서만 기다리고 있었다, 그러다 이렇게 대책 없이 기다리느니 차라리 지금부터 최대 3년 동안 UFC에 매진해서 최선을 다하다가 기회가 될 때 군대를 가기로 마음을 다시 바꿔 먹게 된 것이다. 어차피 운동을 하루 이틀 할 것도 아니고 35세까지는 파이터로서 현역생활을 하는 걸로 계획을 잡은 코리안 슈퍼보이에게 병역복무 2년간의 공백은 아무 문제가 아닐 거라고 우리 둘은 굳게 믿고 있다.

얼마 전 두호와 같이 사랑모아 가족인 테니스 요정 장수정 선수와 셋이서 가진 식사 자리에서 두호가 말했다.

"올해 7월경 라스베가스에서, 11월경 미국 뉴욕에서 경기를 가지는 게 제 바람이고요. 내년 1월이나 2월에 서울에서 또 다시 경기가 열릴 듯합니다. 그때도 원장님께서 지난번 서울대회 때처럼 저와 함께 세컨 자격으로 경기장에서 제 곁에 있어 주세요!"

사랑스런 나의 아들 두호에게 꼭 한마디 하고 싶다.

"두호야, 내가 하고 싶다고 아무리 노력해도 안 되는 일이 있고, 별로 기대하지 않았던 일들이 술술 잘 풀리기도 하는 게 세상일이란다. 그저 순리대로 열심히 지금처럼만 노력한다면 자네 앞날에 무슨 걸림돌이 있겠니? 뒤돌아보지 말고 거침없이 진격하라! 코리안 슈퍼보이!

자네 뒤엔 언제나 내가 함께 할 테니.

함께 가자 슈퍼보이! 이 세상 끝까지."

테니스요정 장수정

삼성 증권 테니스팀의 전격 해체로 하루아침에 소속팀이 없어진 수정이를 내가 후원하기로 하고, 우리 병원과 후원 계약 조인식을 체결했다. 돌이켜보면 2013년 3월, 16년간 회장직을 맡으신 금복주의 김동구 회장님에 이어 내가 대구테니스협회장에 취임한 후, 그 이듬해 가을 전국체전에서 삼성증권 소속이지만 아무 연고도 없는 대구 대표로 전국체전에서 금메달을 따 주었을 때부터 수정이와의 인연이 시작되었다.

삼성이 팀을 해체하고 지금 최고의 주가를 누리고 있는 정현 선수만 후원하기로 해 오갈 데가 없어진 남지성 선수는 부산테니스협회의 김영철 회장님께서, 대구 대표로 체전서 금메달까지 따 준 장수정 선수를 대구협회장인 내가 맡게 되었던 것이다.

당시 나는 이미 UFC에 막 데뷔전을 치른 최두호 선수를 후원하고 있던 터라 많은 부담이 되었다. 그렇지만 오라는 실업팀을 마다하고 세계무대에 계속 도전하려는 한 전도유망한 젊은 테니스

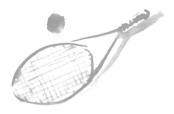

선수의 꿈을 외면할 수 없어 수정이를 후원하게 됐다. 후원 시작할 때 세계랭킹이 270위권이었는데 1년도 안 되어 어느새 170위권으로 진입한 수정이를 지켜보며 지금 나는 흐뭇한 마음을 감출수가 없다.

　돈 많은 재벌이 아닌 평범한 동네 의사지만 수정이를 후원하는 동안이라도 삼성 같은 대기업에서 느끼지 못했던 가족의 따스한 정을 수정이에게 느끼게 해 주고 싶다. 처음에 서먹했던 수정이와도 인스타그램이나 페이스북을 하면서 스스럼없는 부녀 같은 사이가 되었다. 언젠가 최상위의 선수가 되어 내 도움이 필요 없을 시점이 되면 나는 미련 없이 수정이를 떠나보내려 한다.

　현실에 안주하지 않고 꿈을 좇아 스스로 험난한 가시밭길을 선택한 한 젊은이와 함께했던 소중한 기억들은 언제나 내 마음속에 보석처럼 빛나고 있을 테니까.

셋이서 세상 끝까지

우리나라 여자테니스의 에이스이자 미래, 테니스 요정 장수정.

사랑모아 통증의학과에서 후원하기 시작한 지 만 1년 만에 그녀가 전해준 첫 우승 소식을 전해 들으면서 얼마나 가슴 뭉클했는지, 눈물이 핑 돌 정도로 좋았다.

얼마 전 페이스북에 장수정 선수와 나와의 인연에 대한 글을 올리며 나는 이전의 소속팀처럼 풍족한 지원을 하지는 못하지만 대신 삼성 같은 대기업에서 느끼지 못하는 가족의 따뜻한 정을 느끼게 해 주겠다고 한 바 있다.

장수정 선수의 시즌 첫 우승을 기념하는 조촐한 행사가 사랑모아 병원에서 열렸다. 역시 같은 사랑모아 가족인 UFC의 떠오르는 스타 코리안 슈퍼보이 최두호 선수도 우리 병원의 직원들과 함께 수정이의 우승을 축하하는 자그마한 행사에 참여했다. 그 자리에서 우승 축하 격려금도 전달하고 우승을 축하하는 케이크

의 촛불도 함께 껐다.

　나는 페이스북에서 늘 수정이의 경기 기사를 공유하고, 응원 메시지를 남기며, 언젠가 수정이랑 두호와 나랑 셋이서 근사한 레스토랑에서 즐거운 시간을 보내자고 했었다. 그리고 그 자리를 드디어 어제, 우승 축하 행사 후 병원 근처 83타워에 있는 회전 레스토랑에서 마련했다.

　수정이는 이번 일본 대회에서 우승할 당시, 자신보다 세계 랭킹이 수십 계단이나 높은 상대를 제압하며 작년보다 확실히 힘이 붙고 경기력이 향상된 것을 느꼈다고 했다. 그동안 자신을 그토록 괴롭히던 손목 통증에서도 벗어났다는 반가운 얘기도 했다. 두호는 얼마 전 UFC 측의 행사에 초청받아 미국 라스베가스를 방문했을 때 UFC 회장을 만나 지명도 높은 강한 상대와 다음 경기를 치를 수 있게 해 달라고 부탁했다고 한다.

각기 다른 종목에서 우리나라를 대표하는 두 젊은이와 함께 근사한 저녁식사를 하며 이렇게 도란도란 얘기를 나눌 수 있다는 사실에 나는 어느 때보다 보람과 가슴이 벅찰 정도로 뿌듯함을 느꼈다. 그리고 요즘 들어 훈련을 열심히 소화하여 이전보다 더욱 강해진 느낌이라는 두호의 얘기를 듣고 흐뭇함도 감출 수 없었다.

그날 밤, 나이와 세대를 불문하고 우리 세 사람은 한결 가까워졌다. 그러자 언론이 붙여준 수정이의 별명 '얼짱', '한국의 샤라포바'가 마음에 들지 않는다는 수정이의 투정에 두호와 나는 그녀에게 잘 어울리는 별명을 지어 주자며 즐거운 수다를 이어갔다.

나는 요즘 주위 사람들로부터 내가 후원하는 두 명의 젊은이들에 대한 이야기들을 많이 듣는다. '수정이나 두호가 어떻게 오늘날 이렇게 잘 될 줄 알고 후원을 하게 되었냐?'는 질문이 그 대부분을 차지한다. 그럴 때마다 나는 이렇게 대답한다.

"그들이 앞으로 잘 될 것을 미리 알고 후원한 게 아니라 단지 그들이 누군가의 도움이 절실히 필요할 때 내가 그들의 곁에 있었기 때문입니다. 그게 바로 사람들이 말하는 '억겁의 인연'이 아니겠습니까?"

내가 자식처럼 생각하는 수정이와 두호가 앞으로 얼마나 성장하고 뻗어나갈지 지켜보는 것은 내 삶의 또 다른 즐거움이자 보람이다. 그리고 그들과 인연을 맺을 수 있게 된 것은 사실 오히려 내게 행운이라는 생각도 가져본다.

수정아 ~ 두호야 ~
어디까지 자네들이 뻗어갈지는 모르겠지만 어디든 우리 함께 하자꾸나.
이 세상 끝까지. 그렇게 우리 셋이서.

재즈 베이시스트 장진호

장진호는 대학시절 동아리에서 처음 베이스를 접했다. 베이스 기타에 빠져 2003년 네덜란드 Prins Claus Conservatorium 대학에 입학하였다. 유학 4년 동안 베이스 기타의 대가 Joris Teepe, Jan Voogd, Koos witenbur, Marc Haastra 등에게 사사하여 베이스 연주자로서의 내공을 쌓았다. 현재는 대구예술대학교 외래 교수로, 재즈 밴드 '브로큰 타임'의 리더로, '마림바'라는 타악기를 위주로 구성된 '뉴 퍼커션' 팀의 베이시스트로 활동 중이다.

몇 년 전 지인으로부터 입장 티켓을 선물 받아 관람한 '뉴 퍼커션' 정기 공연에서 베이스 기타를 치는 장 선생님을 보고 한눈에 반했다.

나는 티켓을 준 지인을 졸라 2015년 초반 몇 개월을 장진호 선생님에게 매주 한 번, 개인 레슨을 받으면서 스승과 제자의 연을 맺기에 이르렀다. 그 이후로 실제로 나보다 여덟 살 연하인 그를 나는 지금도 '싸부'로 극진히 모시고 있다.

가끔 술자리에서 네덜란드 유학 시절 얘기를 풀어 놓던 그를 통해, 네덜란드에서는 매춘이나 마리화나, 대마초 같은 소프트한 마약(soft drug)이 법적으로 허용된다 (hard drug: 이를테면 필로폰이나 헤로인, 코카인 같은 중독성 강한 마약은 물론 네덜란드에서도 법으로 금지되어 있다)는 놀라운 얘기를 들었다. 그렇게 하니 오히려 그 나라 국민들은 그런 쪽에 더 관심을 가지지 않더라는 것이었다.

또한 그 나라에서는 예술이나 음악을 전공하는 학생들이 생활고에 시달리지 않고 자기 분야에 열심히 집중할 수 있도록 지원한다고 했다. 학생들에게 월세를 주고, 등록금을 전액 면제해 준다고 했다. 특히 프로 연주자에게는 직장까지 알선(예를 들자면 음악 교육 하는 곳에서 강사로 초빙해 준다든지 공연을 주선해 주는 등) 해주거나 각종 세제 혜택을 주어 예술가로서의 창작 활동과 음악가로서의 연주 활동에 전념할 수 있는 제도를 구비하고 있다고 했다. 그래서 훌륭한 음악 연주자나 예술가들이 많이 배출된다는 이야기를 생생하게 들었다.

'하지 마라, 하지 마라' 하면 법을 어기더라도 더 하고 싶은 게 인지상정 아닌가. 그런데 법이라는 강압적인 규제를 통해 전과자를 양산하는 다른 나라와 달리 매춘이나 가벼운 마약 종류는 허용하는 자율을 국민에게 주어 좋지 않은 일은 국민 스스로 관심을 두지 않게 만드는 '국민을 믿어주는 네덜란드'의 법체계가 부러웠다.

장진호 선생님에게 들은 네덜란드의 이야기들을 통해 문화와 예술을 적극 지원하고 권장하는 나라 네덜란드에 대해 다시 생각하게 되었다.

4년간의 네덜란드 유학 후 귀국하여 우리나라에서 연주자로 살아가려니, 나라의 지원이나 혜택이 전혀 없어 연주자의 길이

너무 배고프고 험난하다고 했다. 그래서 자신이 가르치는 제자들에게 차마 연주자의 길을 자신 있게 권유하지 못한다는 재즈 베이시스트 장진호 선생님.

시력이 좋지 않아 악보가 잘 안 보이는 핸디캡에도 불구하고 대부분의 연주를 악보 없이 외우거나 즉흥적으로 연주한다.

어쿠스틱한 중저음의 매력을 가진 더블베이스 연주에도 일가견이 있는 실력 있는 뮤지션, 그리고 대학 시절 '메디칼 사운드'를 하면서 어설프게 배운 아마추어 베이시스트인 나를 친히 가르치며 베이스 기타에 새롭게 눈을 뜨게 해준 '나의 싸부'다.

공연자들의 숨소리가 바로 눈앞에서 들리는 그의 공연을 보며, 정치인들에게 문화·예술 강국 네덜란드의 참신한 얘기를 들려주고 싶다. 문화와 예술을 존중하는 나라가 진정한 강대국이 아닐까.

나의 영웅 프린스

2016년 4월 21일(현지 시각) 〈퍼플레인〉 등의 히트곡으로 유명한 가수 프린스(본명 프린스 로저스 넬슨)가 미국 미네소타주 자택에서 사망했다. 기사를 접한 나는 순간 망치로 머리를 얻어맞은 듯 한동안 멍한 채 정신을 차릴 수가 없었다. 팝의 황금기였던 1980년대 팝의 황제 마이클 잭슨과 함께 전 세계 팝시장을 양분했던 생텍쥐페리의 어린 왕자를 연상하게 했던 프린스. 철저하게 상업적이었던 마이클 잭슨과 달리 자신의 사생활을 대중들에게 노출하지 않으며 그 누구도 흉내 낼 수 없는 자신만의 음악세계로 대중들을 이끌었던 어린 왕자 프린스.

의과대학에서 밴드 활동을 하면서 프린스의 〈퍼플 레인〉을 연주해 보자고 수없이 요구했다. 그러나 프린스의 노래는 아무나 흉내 낼 수도 없고 흉내 내서도 안 된다는 우리 멤버들의 주장에 곧바로 수긍했다. 그만큼 내게 프린스는 절대 범접할 수 없는 팝의 신이자 나의 우상이었다.

　대학생 시절 그의 대표곡 〈Purple Rain〉을 처음 접하던 순간 나는 이 지구상에서 듣지 못하던 이런 파격적인 곡을 만든 사람이 누구인지 궁금증이 생겼고, 〈When doves cry〉를 들으며 그에게 열광했었다.

　그가 세상을 떠난 지금 나는 아직도 프린스의 〈퍼플레인〉 같은 파격적이면서 아름다운 노래를 만든 다른 아티스트를 알지 못한다. 지금 내 마음에는 그가 살아생전 노래하던 자줏빛 비가 내리고 있다.

　편히 잠드시오, 프린스.
　나의 영웅, 나의 어린 왕자….

처녀처럼
Like A Virgin

처녀처럼?

노래 제목이 뭐 이래? 서양 사람들은 참 희한하다. 노래 제목이 〈처녀처럼〉이 뭐야?

마돈나라는 미국의 신예 팝스타가 이 노래로 선풍적인 인기를 누리던 때, 처음 나는 노래 제목만 듣고 이렇게 생각했었다.

지금으로부터 약 30여 년 전, 처음 마돈나의 이 노래가 나왔을 무렵인 1984년의 어느 겨울날이었다. 지금의 수능에 해당하는 학력고사를 치르고 고등학교를 졸업하던 날, 나는 친구들과 어울려 태어나서 처음으로 Moovin(흔들어?)이라는 디스코텍(요즘 젊은이들은 클럽이라는 곳에 자주 간다던데…)을 갔었다. 지금은 없어진 시내 미도백화점 건너편 좁은 골목길 사이에 위치한 입장료 천 원만 내면 들어갈 수 있는 곳이었다.

학창 시절 모범생(?)이었던 나는 고등학교 졸업 기념으로 친구

들과 디스코텍에 놀러 가기로 의기투합했다. 7명의 친구들과 동성로에 위치한 Moovin이란 곳을 찾아갔다. 그런데 아뿔싸! 막상 디스코텍에 도착하여 입장하려니 돈이 모자라는 것이 아닌가? 입장료는 1인당 천 원, 그날 같이 갔던 일곱 명이 주머니를 탈탈 털어보니 모두 합쳐 6,300원뿐이었다. 호기롭게 디스코텍을 구경하고자 시내로 나왔던 우리들은 곤란한 지경에 빠졌다. 낙담하던 우리들 중 누군가가 제안을 했다.

"각자 흩어져서 지나는 행인들한테 백 원씩만 빌려서 이곳 입구에서 다시 만나자."

숫기가 없던 나도 난생 처음으로 구걸 아닌 구걸이라는 걸 해야 했다. 하지만 모두 그렇게 하겠노라고 한 마당에 나 혼자 못하겠다고 할 수는 없었다. 시내를 지나는 사람들을 상대로 돈 백 원을 빌리는 부끄럽기도 하고 황당한 작업에 돌입했다.

"저~ 죄송한데 버스비가 모자라서요. 돈 백 원만 빌려 주실 수 있으신지…."

  그냥 휑하니 지나갈 뿐 까까머리 고3 남학생에게 온정의 손길을 베푸는 행인이 있을 리 만무했다. 태어나서 처음으로 해 보는 구걸에 처음에는 쭈뼛쭈뼛하다 자꾸 거절당하다 보니 온정의 손길(?)이 필요한 사람에게 냉담한 이 사회에 화가 났다. 또 이렇게 해서라도 디스코텍에 꼭 가야하는지에 대한 회의가 들 무렵 머릿속에 한 가지 아이디어가 떠올랐다.

  '데이트 하는 연인들을 공략하자. 여자 앞에서 남자들은 마음이 따뜻한 사람으로 보이고 싶을 터…. 대신 최고로 불쌍하게 보이면서….'

  그런 생각을 하자마자 바로 연인으로 보이는 남녀를 상대로 작업에 돌입했다.

  "저…. 시골에서 대구 놀러왔다가 돈이 든 지갑을 잃어버려서요. 혹시 백 원만 빌려 주실 수 있나요?"

세상에서 최고로 불쌍한 표정을 지으며 하는 내 말에 아래 위를 훑어보던 연인들은 잠시 자기네끼리 얘기를 주고받다 흔쾌히 백 원을 빌려주었다. 의외로 쉽게 돈 백 원을 빌려 내 할당량을 채우게 되자 '다른 친구들 몫도 내가 빌려보자'란 생각이 들어 또 다시 구걸에 나섰다. 그렇게 합계 오백 원을 더 빌리게 되었고 디스코텍 입구에서 다시 만난 친구들과 모자랐던 입장료를 넉넉하게 충당하여 입장할 수 있었다.

그런 우여곡절(?) 끝에 태어나서 처음으로 디스코텍에 입장하던 순간 흘러나오던 노래가 바로 마돈나의 〈Like A Virgin〉이었다. 현란한 사이키 조명 아래 쩌렁쩌렁 울리는 마돈나의 노래가 잠잠하던 나의 심장을 마구 요동치게 했고, 바로 그 순간부터 마돈나 누나를 향한 내 일생의 짝사랑이 시작되었다.

낼 모레 환갑을 앞둔 58년생 개띠의 마돈나 누나(?). 요즘은 활

동이 뜸하신지 인터넷이나 연예 뉴스에 자주 등장하지는 않지만 지금도 나는 마돈나 누나가 너무 좋다. 아마도 난생 처음으로 가본 디스코텍에서 나를 환영해 준(?) 마돈나 누나에 대한 나의 의리라고나 할까?

난 완전히 지쳤어요.

난 슬프고 우울했지만,

당신은 내게 밝고 새로운 느낌을 주었어요.

처음 감동을 받은 처녀처럼~

당신 심장의 고동을 느낄 때

난 처녀 같은 느낌이에요.

- 노래 〈Like A Virgin〉 중에서

생기발랄한 이 곡은 빌리 스타인버그(Billy Steinberg)가 작사, 톰 켈리(Tom Kelly)가 작곡했다. '80년대의 마를린 몬로' 라는 애칭을 받으면서 나타나, 섹시한 용모와 관능적인 춤 솜씨를 자랑하는 마돈나의 두 번째 앨범 'Like A Virgin' 의 동명 타이틀곡으로, 84년 12월 22일부터 6주간 톱을 지키며 마돈나 선풍의 도화선 구실을 한 곡이다.

요즘은 내가 나이 들어서인지 마돈나의 활동 초기의 〈Like a virgin〉이나 〈Material girl〉 같은 빠른 템포의 댄스 뮤직보다는 그보다 훨씬 후에 그녀가 발표한 〈Take a bow〉 같은 서정적인 발라드풍의 노래를 더 좋아한다.

젊은 할배

'젊은 할배'는 인스타그램에서 내 프로필에 적은, 내가 지은 나의 별명이다.

내 나이 스물여섯 때인 1991년 결혼해서 그 이듬해인 1992년 큰 애가 태어났고, 그 아이가 스물 셋 되던 2014년 5월 지금의 사위되는 정 서방과 결혼하여 그 다음 해인 2015년 7월 요놈이 태어났다.

바로 나의 외손주 녀석이다.

내 나이 마흔 아홉에 사위를 보았고 쉰에 할아버지가 되었다는 이야기. ㅠㅠ

처음 외손주 녀석이 태어나고 내가 할아버지가 되었을 때 나도 나지만 "우리가 벌써 할아버지 될 나이가?" 하며 주변의 동갑내기 내 친구들이 나보다 더 큰 충격을 받은 듯 했다. 녀석이 태어난 지도 벌써 9개월째다. 이제는 붙들고 일어서서 막 걸음 떼려고 한다. 세월은 이처럼 빠르다.

하지만 처음 녀석이 태어나고 나서 별 생각 없이 안고 외출하였다가 몇 차례 곤란한 일을 당했었다.

한번은 어머니께서 입원 중인 병원에 외손주 녀석과 아내와 나, 이렇게 셋이서 병문안을 간 적이 있었다. 그때 딸애는 시댁에 가서 일을 해야 하는 상황이어서 우리 부부가 외손주를 맡아주게

되었다. 마침 그때 어머니께서 증손주가 보고 싶다 하셔서 요 녀석을 데리고 병원을 가게 된 것이다. 병문안을 마치고 내려오는 엘리베이터에 연세 지긋한 할머니가 타고 계셨다. 할머니는 우리 부부와 손주를 흘낏흘낏 보시더니 조그만 목소리로 옆의 사람에게 "요즘은 애기가 참 귀해요" 하시는 게 아닌가?

할머니는 우리 귀에 들리지 않게 작은 목소리로 얘기한다고 했지만 내 귀엔 너무나 생생히 들렸다. 나에게는 '아유~ 얼마나 애기를 갖고 싶었으면 머리 희끗희끗한 사람이 저 나이에 애기를 낳아 저렇게 고생을 할까?' 라는 뜻이 담겨 있는 것으로 들렸다.

하기야 나는 애기 기저귀와 우유병이 들어있는 가방을 들었고, 아내는 손주 녀석을 안고 있는 이 시추에이션!

남들이 보기엔 이 나이가 되도록 애기가 없다 힘들게 본 귀한 자식 혹은 늦둥이라 생각해도 무리는 아니라는 생각이 들어 그냥 혼자서 웃고 말았다.

하지만 그날 이후부터 나는 외손주 녀석과 같이 외출할 때 남들이 오해할 만한 곤란한 상황을 만들지 않으려 몇 가지 원칙을 세웠다.

첫째, 큰딸애와 나, 외손주 이렇게 셋이서 외출하는 상황을 절대로 만들지 말 것!

내가 외손주를 안고 큰딸애가 나보고 "아빠, 아빠" 하며 길거리를 활보하고 돌아다닌다면 우리 셋과 마주치는 다른 사람들이 우릴 어떻게 보겠는가? 머리 희끗한 중년의 아저씨가 딸 같은 젊은 애랑 바람나서 살림 차려 애기까지 낳았다는 사람들의 손가락질과 수군거림이 내 귀에 들리는 듯하다.

둘째, 나랑 아내랑 외손주랑 셋이서 외출하지 말 것!

이는 아까 엘리베이터에서의 상황처럼 늦둥이란 오해를 살 수도 있기 때문이다. 얼마 전에 큰딸애 부부를 서울에 놀러 보내고 어쩔 수 없이 이렇게 셋이서 식당을 간 적이 있었다. 식당 입구를 들어서자마자 나는 묻지도 않았지만 식당 주인에게 변명하듯 말했다.

"사장님, 이 애기는 우리 외손주예요."

느닷없는 나의 말에 잠시 놀란 듯한 사장님. 하지만 이런저런 정황을 보더니 우리 내외를 할아버지, 할머니라고 믿는 눈치였다. 그런데 이런 젠장! 사정 모르는 우리 주위에 앉은 손님들 대부분이 우리를 흘낏흘낏 보며 웃는 게 아닌가?

아~ 이런 상황을 피하려 무지 노력했는데….ㅠㅠ

암튼 옆자리 앉은 손님 붙들고 일일이 "얘는 우리 외손주예요" 하고 얘기해 줄 수도 없는 법. 허둥지둥 얼른 밥만 먹고 나왔다.

셋째, 우리 전 가족이 동시에 외출하는 일도 되도록 삼갈 것!

어느 일요일, 우리 부부는 큰딸 내외와 외손주, 그리고 서울서 대학 다니는 막내딸까지 전 가족이 팔공산에 오리고기를 먹으러 갔다.

가족 전체가 움직이는 상황이어서 별다른 오해는 안 사겠지 하고 당당하게 식당에 들어가서 맛있게 오리고기를 먹고 있는데 웬 걸? 주위 사람들이 우릴 흘낏흘낏 보며 또 쑥덕쑥덕 거린다. 내가 잠시 외손주를 안고 밥 먹었던 게 화근이었을까? 웅성거리는 주위 손님들의 얘기가 내 귀에 확성기에서 말하는 양 쏙쏙 박힌다.

"애기가 아빠를 쏙 빼닮았네."

"늦둥이라 얼마나 귀여울꼬."

"큰아들 인물도 좋으네."

아! 우리 가족이 다 모인 이런 상황에서 사람들은 사위마저 내 큰아들로 생각하는구나. 나, 집사람, 큰아들, 큰딸, 둘째 딸, 그리고 늦둥이로.

친구들보다 적어도 7~8년 빠르게 할아버지가 되어 처음엔 당황스럽기도 했고 곤란한 상황을 몇 차례 겪기도 했었다. 하지만 이젠 내가 할아버지란 걸 당당히 받아들이고 어디 가서도 자랑스럽게 말할 수 있게 되었다.

"나? 젊은 할배요!" 라고….

5

삼국지
깊이 읽기

나는야 삼국지 박사

요즘 다시 이문열 삼국지를 정독하기 시작했다. 1988년 초판이 나온 이래 2015년 8월까지 총 2800만 부가 팔린 한국문학 사상 최고의 베스트셀러이다.

이 책은 기존에 국내에서 출간된 삼국지에 비해 문체가 현대적이고 미려하며, 필자의 상세한 해석이 있어 좋다.

의과대학 시절 처음 이 책을 접하는 순간 미친 듯이 빠져들어 단숨에 열 권을 다 읽었다. 그래도 무언가 놓쳐버린 부분이 있는 것 같아 틈만 나면 새로 읽고 또 읽고 하다 보니 지금까지 서른 번 이상은 이 책을 읽었다. 그것도 모자라 장정일 삼국지, 김홍신 삼국지, 삼국지 해제, 삼국지 평전, 삼국지 기행, 삼국지 강의, 삼국지 에세이, 주간 삼국지라는 주간지까지 모조리 섭렵하고 나름 삼국지 전문가라 자처하게 되었다.

　인의를 내세우는 유비와 실리주의의 조조, 수성守城의 명수 손권, 책략가가 아닌 명재상으로서의 제갈량, 자부심의 관우와 다혈질이지만 의리의 장비, 주인을 여러 차례 바꾸다 결국 조조에게 죽임을 당한 배신의 아이콘 여포, 최고의 권력자 동탁 앞에서 '천하는 동 공의 것이 아니오!' 하고 분연히 일어서던 명문가 출신의 원소, 제갈량의 맞수 사마의 등등 수많은 영웅들의 이야기를 읽고 또 읽어 요즘 세상을 살아가는 지혜를 얻게 되었다. 이렇게 매번 읽을 때마다 이전에 미처 알지 못했던 새로운 삶의 진리를 다시금 깨닫는다.

하늘이 내린 기재奇才 곽가

건안 12년(207년) 유비는 융중隆中에서 삼고초려三顧草廬 끝에 제갈량을 모셔왔다. 그때 조조의 일급 참모 곽가는 북정北征의 길에서 병을 얻어 젊은 나이에 요절했다. 건안 12년은 유비에게도 곽가에게도 실로 중요한 해였다. 그런데 불행히도 그해 9월에 조조가 그토록 아끼던 모사 곽가는 병사했다. 그리고 같은 해에 제갈량은 유비의 곁으로 왔다.

이렇게 38세의 곽가가 세상을 떠나고, 26세의 제갈량이 세상으로 나오자 역사는 방향을 바꾸기 시작했다.

과연 이들은 동일한 수준의 인물이었을까?

충성스러웠고 성실했으며, 죽을 때까지 나라를 위하여 온 힘을 다

한 곽가와 제갈량은 놀라울 정도로 비슷한 점이 많은 인물이었다.

이들은 젊은 천재였다. 세상에 나왔을 때 사상과 모략은 이미 상당한 경지에 이르러 있었으며, 군주의 능력을 파악하는 데 뛰어났다. 당시 명문가의 후예 원소를 모두가 우러를 때 곽가는 그를 별 볼일 없는 존재로 파악했다. 또 모두가 유비를 별 볼일 없는 존재로 생각할 때 제갈량은 자신의 일생을 바칠 인물로 생각했다.

이들은 전략으로 세운 공이 매우 높았다는 공통점을 가지고 있다. 곽가는 조조의 북정을 도와 중국 북부를 통일하였고, 제갈량은 유비에게 천하삼분지계를 설파하며 그를 도와 삼국의 정립을 실현시켰다. 그리하여 유비가 제갈량을 얻었을 때는 "나에게 공명이 있는 것은 물고기가 물을 만난 것과도 같다水魚之交"고 하였으며, 조조는 곽가를 얻은 이후 "나에게 대업大業을 이루어 줄 사람은 반드시 이 사람일 것이다"라고까지 했다.

유비는 임종 직전 제갈량에게 자신의 자식을 부탁하면서 그 아들 유선이 시원찮으면 제갈량에게 직접 황제의 자리에 오르라고 할 정도로 신뢰했다. 조조 역시 곽가에 대해 "이후의 일을 그대에게 맡기고자 한다"고 말할 정도로 그를 신뢰했다. 하지만 곽가는 제갈량과 달리 젊은 나이에 요절하여 우리는 그 이후의 일을 볼 수 없었다. 그래서 곽가라는 별은 제갈량처럼 환하게 빛나지 못했다.

동탁이 죽자 그의 수하 장수였던 이각과 곽사가 각각 대사마와 대장군이 되어 당시 조정의 실권을 잡고 있던 시기에 둘은 서로 반목하여 다투게 되었다.

조조는 이 일이 자신의 생애에 어떤 변화를 줄 것 같은 예감이 들었다. 그래서 자신이 가장 아끼는 곽가를 불러 이각과 곽사의 싸움을 어떻게 보는지 묻는다.

"주공을 위해 부는 바람입니다. 그들이 싸워 쇠약해지면 천하는 주공께 의지해 올 것입니다."

곽가는 이처럼 조조의 갑작스런 물음에도 미리 준비한 듯 막힘없이 대답한다.

조조는 다시 묻는다.

"북에는 원소와 공손찬이 있고 남에는 원술과 여포가 있다. 그런데 어떻게 천하가 나에게 의지를 할 수 있겠는가?"

"그들의 위세가 당장은 대단하나 기껏 해봐야 주군께서 헤치고 나갈 가시덤불이나 건너야 할 개울밖에 되지 않습니다."

그리고 곽가는 조조에게 때를 기다릴 줄 알아야 유리하다며 기다려야 하는 이유를 말한다.

"천하를 얻고자 하는 자 스스로 다가가는 수고로움도 있어야 하지만 스스로 다가오도록 기다리기도 해야 합니다."

삼국지에서 조조와 곽가의 대화 중 위의 대목을 읽을 때, 나는 심장을 뜨겁게 하는 그 무엇이 가슴속에서 솟구치는 걸 느꼈다.

이미 정비석 삼국지, 김홍신 삼국지, 장정일의 삼국지 외에 삼
국지 해제, 삼국지 외전, 삼국지 기행 등의 책을 모두 서너 차례
씩 읽었다. 그런 시점에서 이문열이 쓴 삼국지를 다시 서른 번쯤
읽었을 때쯤, 이전에는 그저 '좋은 말이구나' 하며 별 생각 없이
지나치던 이 대목에서 마치 망치에 맞은 듯 엄청난 충격 같은 것
이 내 머리를 강타했다.

나이 오십이 넘어 요즘 한창 페이스북에 심취해 사람들과 소통
한다. 그러면서 '세상에 스스로 다가가는 노력'을 한다. 그런데
지금으로부터 천 년 전 이미 소통의 의미를 깨닫고 감히 조조에
게 진언한 젊은 곽가에 놀랐다. 조조에게 천하에 스스로 다가가
는 수고로움에 대해 이야기하며 기다림의 미학을 강조하던 곽가
에게 또 한 번 놀랐다. 이때부터 나는 곽가를 그저 조조의 일급
참모가 아닌 유비의 브레인 제갈량과 동급으로 새로이 그를 바라
보게 된 것이다.

곽가는 기다리기도 하고 다가가기도 하는, 요즘 젊은이들 말로
'밀당'의 귀재이다. 또 하늘이 내린 기재奇才이자 천재 전략가이
다. 그래서 이각과 곽가의 싸움을 지켜보며 조조에게 아직 때가
아니니 움직이지 말고 기다리라며 '기다림의 미학'을 강조했던
것이다.

유방과 유비

한고조 유방은 기원전 200년경에 강소성 패현의 건달 출신으로 역발산기개세의 항우를 물리치고 천하를 차지한 인물이다. 그는 자신을 스로로 이렇게 평가했다.

"나는 장량처럼 교묘한 책략을 쓸 줄 모르고 소하처럼 행정을 잘 살피지 못한다. 또한 한신처럼 병사를 이끌고 싸움에서 이기는 일도 잘 하지 못하지만 이 세 사람을 제대로 기용할 줄 안다. 반면 항우는 단 한 사람 범증조차 제대로 기용하지 못했다. 그래서 내가 천하를 얻고, 항우는 얻지 못한 것이다."

촉한 황제 유비는 탁군 누상촌의 돗자리 장수의 아들로 태어났으나 이름 없는 황실의 핏줄이다. 서기 221년 촉한의 황제에 오른 인물로 한고조 유방을 닮으려고 애썼다. 하지만 자신을 비워 세상을 담아낸 큰 그릇 유방에 비해 자신은 한창 미치지 못한다는 사실을 유비는 잘 알고 있었다. 그래서 요즘에는 조조를 유비보다 더 뛰어난 리더로 인정하는 사람들도 많다.

유방과 유비를 단순히 비교하기엔 무리가 따르지만 나는 유비를 더 닮고 싶다.

삼국지 전문가라 자처하는 나지만 유비가 자신을 따르는 가신들을 배신했다는 얘기를 들어본 적이 없다. (표리부동한 여포를 조조에게 죽게 내버려둔 사실만 빼고) 훗날 천하를 통일하자 자신을 위협할 수 있다고 판단된 신하들을 모조리 죽이거나 유배 보낸 유방의 냉혹함보다, 주위의 만류에도 불구하고 평생 자신에게 충성을 바치다 죽은 관우의 복수를 위해 이릉대전을 일으켜 오나라의 손권에게 패망한 유비의 바보스러운 의리를 나는 더 좋아한다.

또한 자신의 죽음을 앞두고 그 아들 유선이 시원찮으면 제갈량에게 대신 황제가 되어달라는 부하에 대한 그의 믿음을 나는 더 높게 평가한다.

그렇지만 문득 세상을 살아가며 나는 조조의 실리주의를 더 신봉하고 있는 건 아닌가 하는 생각이 가끔씩 들기는 한다.

슈퍼스타 제갈공명

삼국지 전체를 통틀어 어느 한 곳도 부족함이 없는 최고의 재능을 가진 인물로 묘사되는 슈퍼스타는 역시 제갈량(공명)이다.

그는 매양 자신을 춘추전국시대의 명재상 관중과 명장 악의에 비유했다. 형주의 융중에서 은거하다 유비의 삼고초려에 감동하여 그에게 천하삼분지계를 설파하며 세상에 나가게 된다.

그동안 쓸 만한 모사가 없던 유비의 진영에서 관우와 장비의 견제를 이겨내고 단숨에 유비 진영의 2인자로 우뚝 서게 되었다. 그 이유는 제갈량 자신의 능력도 능력이거니와 자신보다도 한창 어린 그를 스승으로 극진하게 모신 유비의 존사정신尊師精神이 크게 작용했을 것이다. 마흔이 넘어서도 변변한 땅뙈기 하나 없이 남의 식객 노릇만 하며 이리저리 떠돌던 유비를 오나라의 손권과

당당하게 연합하게 만들어 조조와의 적벽대전을 승리로 이끌었다. 유비가 그토록 꿈에 그리던 형주를 차지하게 하여 근거지를 만들고, 익주로 진격해 유비로 하여금 촉한의 황제에 오르게 한다. 그가 주창하던 천하삼분지계를 현실화시키고 유비의 아들 유선에까지 충성을 바치다 오장원에서 생을 마감한 와룡선생 제갈공명.

소설에서의 과장된 신출귀몰한 책략가로서의 제갈량보다는 유비의 사후 그 아들 유선을 보좌하며 안정되게 나라를 다스린 명재상으로서의 그를 후대에서는 더 높이 평가하는 듯하다.

내가 제갈공명을 미치도록 좋아하는 이유가 있다. 애초에 인구나 물자에서 위나라의 십분의 일에 지나지 않는 익주만을 가지고 끊임없이 북벌을 감행한, 어쩌면 무모하다고 할 수도 있는 그의 도전 정신이다. 살아가면서 목표를 설정하고 무언가에 끊임없이 도전한다는 것! 설령 대단한 꿈에 도전해서 이를 이루었다고 만족하거나 허탈해 할 필요는 없다. 또 다른 꿈을 꾸며 또 다른 도전을 시작하면 되기 때문이다.

또한 그게 설령 도저히 이룰 수 없는 무모한 꿈일지라도 그 꿈을 향해 도전하는 순간만큼은 행복하다. 그것으로 충분히 의미가 있다. 그게 바로 우리들이 세상을 살아가는 이유이다.

여포呂布

중국 후한後漢 말기의 무장武將으로 자字는 봉선奉先이다.

처음 병주자사 정원丁原을 섬기다 동탁에 갔다. 그러다 사도 왕윤王允과 모의하여 동탁을 살해한 후 그 부하인 이각과 곽사에게 패해 원소에게로 갔다. 하지만 원소의 살해 위협에 다시 진류태수 장막張邈에게로 간다. 거기서 다시 하내의 장양張楊에게로 갔고, 조조를 공격해 연주목이 되었다가 조조에게 패하여 도겸陶謙에게 서주徐州를 물려받은 유비劉備에 의지하였다. 그러다 유비의 본거지인 하비를 빼앗았다. 스스로 서주자사徐州刺史라고 칭하며 유비를 조조에게 의지하게 만들었다. 하지만 결국 하비성에서 조조에게 붙잡혀 처형된 인물이다.

홀로 능히 만 명을 상대할 정도의 용력을 지녀 후한 말기의 군웅群雄 가운데 가장 무용武勇이 뛰어난 인물로 묘사되어 있다. 하지만 주인을 수없이 바꾸면서 배신을 밥 먹듯이 하여 절개가 없고 물욕이 많았다. 유혹에 쉽게 넘어가는 성격을 지닌 여포를 이리나 승냥이 등에 자주 비유하기도 했다.

삼국지에 등장하는 수많은 장수 중 최고의 무용武勇을 자랑하는 여포이지만 아무도 그를 길들인 사람이 없다. 동탁, 원소, 유비 심지어 당대 최고의 인재들을 수하에 두고 적재적소에 배치하는 능력을 지닌 조조마저도 그를 길들이지는 못했다.

아무도 길들이지 못한 여포를 길들여 내 사람으로 만들어 보겠다는 건 어쩌면 정신적인 허영심 내지는 호승심好勝心에 불과할지도 모를 일이다. 요즘 시대에도 여포 같은 인물이 있다. 그를 길들이려고 헛된 노력을 쏟느니 차라리 애초에 그와 인간관계 자체를 맺지 않는 게 가장 현명한 것이라고 생각한다. 허나 사람은 겪어봐야 그 사람의 진면목을 알 수 있는 법, 사귀어보지 않고 그가 여포인지 관우인지 조자룡인지 알 수는 없다.

요즘 나는 번번이 내게 일어나는 세상사를 삼국지에 대입해 보는 습관이 생겼다. 역사는 반복되는 것. 세상 살아가다 내게 일어나는 일들을 그 시대에 일어났던 비슷한 일들에 대입해 보면 대략 그 결과를 유추해 볼 수가 있다.

어제 모처럼 사내다운 사내를 만났다. 형 동생을 맺고 이런 저런 얘기를 나누다 때마침 내가 좋아하는 삼국지 얘기가 나왔다. 술을 거하게 마시고 얼큰하게 취해 나의 관우가 되어 달라는 말에 자신은 '형님의 제갈공명이 되고 싶다' 던 이 친구, 앞으로 녀석이 관우가 될지 제갈공명이 될지 아님 최악의 경우 여포가 될지 지금은 알 수 없다. 하지만 아무튼 기분은 좋다. 그가 누가 되든지 간에 그를 동생 삼은 나 자신은 어쨌든 결론은 유비가 되기 때문이다.

모두 불태워라

후한 말기, 당시 중국의 패권을 놓고 하북의 원소와 중원의 조조가 벌인 싸움이 관도대전이다.

"모두 불태워라!"

이 말은 자신보다 열 배나 많은 70만을 자랑하는 막강한 원소의 대군을 맞아 고전하던 조조가 옛 친구인 원소의 모사 허유의 계책으로 승기를 잡고, 쫓기던 원소 측이 버리고 간 서신을 발견하고는 부하들에게 했던 말이다.

이는 허도에 있는 대신들이나 조조 자신의 부하 장수들이 원소와 몰래 주고받은 편지였다. 누군지 밝혀내 모조리 죽여야 한다고 측근들은 주장했다. 하지만 원소의 세력이 강할 때 자신조차도 흔들렸다는 말을 하며 편지 묶음도 풀지 않고 모두 태워버렸다. 조조라는 거인의 배포를 알 수 있는 장면이다.

이 대목에서 초장왕의 '절영지회'란 고사를 연상하게 한다.

절영지회絶纓之會는 '갓의 끈을 끊고 노는 잔치'라는 뜻이다. 곧 남에게 너그러운 덕德을 베푸는 것, 즉 '남자의 도량이 넓음'을 뜻한다.

춘추시대 초나라 장왕이 반란을 진압하고 승리를 자축하는 연회를 열었다. 난데없는 광풍이 불어 연회장의 촛불이 모두 꺼져버렸다. 그 틈을 타 수하의 장수 중 하나가 장왕의 애첩 허희를 껴안았다. 놀란 허희가 비명을 지르는 와중에서도 그 사람의 갓 끈을 잡아 뜯었다. 그리고는 울면서 소리쳤다.

"저를 희롱한 사람의 갓끈을 끊었으니 불을 켜고 그 자를 잡아 주십시오."

그러자 초장왕이 크게 말했다.

"불을 켜기 전에 모두 자신의 갓끈을 끊어라."

이렇게 초장왕은 자신의 애첩을 희롱한 장수를 넓은 아량으로 감싸주었다. 이에 감동한 그 장수로부터 후일 여러 차례 위기에서 목숨을 건지는 도움을 받았다는 이야기이다.

만일 당시 연회에서 실수했던 그 장수를 찾아내어 벌했다면 초장왕 역시 훗날 자신에게 닥쳐온 위기에서 목숨을 보전하지는 못

했을 것이다. 인정은 남을 위해 베푸는 게 아니라 자신을 위한다
고 했던가?

　자신 몰래 적과 내통하던 부하들을 덮어준 조조나, 자신의
애첩을 희롱한 장수를 감싸 준 초장왕의 '절영지회'를 떠올려
본다.

　시대는 다르지만 나 역시도 타인의 실수를 아량으로 포용하는
배포 큰 사람이 되어야겠다.

비는 오고 어머니는 시집가네

　그동안 일제에 맞서 연합했던 중국의 국민당과 공산당의 2차 국공 합작이 일본의 패망으로 깨어졌다. 그 후 벌어진 제 2차 국공내전에서 공산당은 인민 해방군을 내세워 장제스의 국민 혁명군을 타이완으로 몰아내고 승리한다. 1949년 10월 1일, 중국 본토에서 중화인민공화국을 세우고 국가 주석에 취임한 마오쩌둥毛澤東이 후일 자신이 후계자로 키우던 린바오林彪가 자신을 배신하고 전투기를 타고 몽골로 달아나고 있다는 보고를 받고 했다는 말이 '비는 오고 어머니는 시집가네' 이다.

　한때 마오쩌둥의 후계자로 떠오르기도 했던 린바오林彪와 권력 다툼이 시작되던 때인 1971년 9월 마오쩌둥이 남부를 시찰하며 린바오를 비판했다. 린바오는 이를 자신을 제거하려는 신호로 판단하여 중국 공군의 작전부장으로 있던 아들과 함께 쿠데타를 기도했으나 실패한다. 이에 린바오는 곧장 비행기를 통해 소련으로 망명을 시도했고, 이 보고를 받은 마오쩌둥이 '하늘에서 비를 내리려고 하면 막을 방법이 없고, 홀어머니가 시집을 가겠다고 하면 자식으로서 말릴 수 없다. 갈 테면 가라!(天要下雨, 娘要嫁人, 由他去 천요하우, 낭요가인, 유타거)'고 말한 것으로 알려졌다. 하지만 당시 린바오는 소련으로 망명 도중 몽골 상공에서 비행기가 추락해 사망하였다.

'비는 오고 어머니는 시집가네.'
이 말의 유래는 아래와 같다.
중국 명나라 때 진수영이라는 미모 출중한 과부는 개가하지 않고 아들 주요종을 뒷바라지해 장원급제를 시켰다. 이후 장원급제한 주요종은 황제에게 남편을 잃은 후 개가하지 않은 채 그간 아들인 자신을 뒷바라지 해준 어머니의 열녀문을 하사해주길 청했다. 그 소원을 들어주겠다는 황제의 약속을 받고 고향으로 돌아와 어머니께 이 소식을 전하니 어머니 진수영 왈 "네가 급제를 해서 어미로서 내 할 일은 다 했다. 그러니 이제 네 뒷바라지는 그만하고 너를 가르친 너의 스승 장문거에게 시집가서 내 인생을 살고 싶다"고 말하는 게 아닌가. 이에 깜짝 놀란 아들 주요종이 그렇게 되면 어머니를 열녀라고 한 자신이 황제에게 거짓말을 하게 된 결과가 되므로 죽음을 면치 못한다고 어머니를 설득한다. 그러자 고민하던 어머니는 아들에게 한 가지 제안을 했다.

"내가 입고 있는 이 치마를 빨아 오늘 오후까지 치마가 마르면 시집을 안 갈 것이고, 치마가 마르지 않는다면 개가하겠다."

맑고 구름 한 점 없는 하늘을 본 아들은 얇은 치마가 금방이라도 마를 듯하여 쾌히 동의하였다. 그런데 오후가 되자 갑자기 하늘에 먹구름이 끼고 폭우가 쏟아져 마당에 널어놓은 어머니의 치마가 흠뻑 젖고 말았다.

"애야. 하늘에서 비가 내려 치마가 젖었으니 어미가 시집가라는 하늘의 뜻으로 알고 개가해야겠다."

어머니 진수영의 말을 듣고 주요종은 황제 앞에 나아가 자초지종을 말하고 죄를 청하자 황제가 용서하며 말했다.

"네가 모르고 말한 것인데 어찌 죄를 묻겠는가? 하늘이 정한 일을 누가 말리겠는가? 네 어미도 갈 길을 가야지."

이 말은 몇 년 전 40대의 젊은 나이에 총리로 거론되던 어느 정치인이 인준 과정에서 각종 구설에 오르자 자신의 트위터에 올리고 자진사퇴하여 세간에 알려지기도 하였다.

지난 5년간 동고동락하던 후배 원장이 얼마 전 병원을 그만 두었다. 내 수제자이자 후계자라고 세상 사람들에게 공공연하게 떠들고 다니며 병원을 물려주리라 생각했던 이 친구가 사실은 내 기대가 너무 부담스럽고 병원 일이 힘들어 나 몰래 개원을 준비했던 것이다. 내가 그 사실을 알게 되자 병원을 그만두게 된 것이다. 처음엔 이를 배신이라 생각하여 엄청난 충격을 받았다. 하지만 이제는 그 친구의 입장에서 생각하고 이해하며, 그가 떠난다는 사실을 덤덤히 받아들인다. 더해서 그 친구가 앞으로 개원해서 잘 되기를 진심으로 바라는 마음뿐이다.

　동탁을 죽이려다 실패해 도망치다, 자신을 도와주려는 부친의 친구 여백사呂伯奢를 자신의 밀고자로 오해하여 그 일가족을 모조리 죽이고 나서 "내가 세상 사람들을 버릴지언정 세상 사람들이 나를 버리게 하지는 않겠다"고 말했던 조조. 하지만 나는 말하고 싶다.

　"세상 살아가며 차라리 내가 배신당할지언정 내가 세상 사람들을 배신하진 않겠노라."

　하늘에서 비가 내리고 어머니가 시집가는 걸 막을 수는 없다.

　사람이 세상에 태어나 타고난 각자의 그릇이 있고 자신의 길이 있는 법, 갈 테면 가라! 由他去유타거!

　각자의 길을 가는 인생, 어차피 인생은 혼자다.

아, 원소여!

원소袁紹는 후한後漢 말기의 무인이다. 삼국지에서 조조, 유비, 손권, 공손찬 등 당대의 영웅들과 천하를 다투던 인물이다. 자는 본초本初이며 여남汝南 출생으로 4대에 걸쳐 삼공(태위, 사공, 사도)의 지위에 있던 명문 귀족 출신이다. 세상 물정 모르는 명문가 자제로, 천하를 차지할 인물로는 결함이 많은 사람으로 책에서 그려진다. 하지만 나는 원소를 오히려 장점이 더 많은 사람이라 생각한다.

청년 장교 시절, 황후의 오라비였던 대장군 하진이 당시 조정의 염통이나 창자의 썩은 병 같던 십상시들에 의해 살해당하자 (이를 '십상시의 난'이라 일컫는다) 원소는 이들을 일거에 소멸시킨다. 이 사건 후 권력을 잡아 나는 새도 떨어뜨린다는 권세를 쥐고 있

던 동탁에게 분연히 "천하는 동 공만을 위한 것이 아니오!"라고
소리치며 자리를 박차고 일어난 일도 있었다. 이 얼마나 개결介潔
한 용기인가.

   이후 동탁에 대항해 반동탁 연합군의 맹주로 아무런 이견 없이
추대되어 내로라하는 당대의 지방 군벌들을 무리 없이 이끌었다.
북방의 효웅 공손찬과의 힘겨운 싸움에서 절박한 처지에 떨어질
때마다 보여준 그의 과단성을 나는 큰 장점으로 본다.

   모든 것이 갖춰지고 안정된 시대였다면 능히 한 시대를 훌륭히
이끌기에 부족함이 없는 리더였을 것이다. 그러나 불행히도 후한
말 온갖 군웅들이 할거하던 격변기에 영웅들의 틈바구니 속에서
결국 패배자란 낙인이 찍힌 채 사라져버린 불운의 아이콘 원소.
역사는 언제나 이긴 자의 편이다. 원소는 끝내 진 자가 되었기에
결함은 더 크게 그려지고 장점은 묻혀버린 것이다.

   당시로부터 약 천팔백 년이 흐른 오늘날, 원소와 같은 인물이
우리나라에서 정치를 한다면 어떻게 될까. 우리나라 정치 역사에
서 원소와 닮았던 정치인은 없었는지 곰곰이 생각해본다.

활시위에 물린 화살

하북에서 위세를 떨치던 원소가 대군을 일으켜 조조를 공격할 때였다.

모사 곽도郭圖가 건의하여 조조의 죄상을 성토하는 격문을 쓰도록 했다. 원소는 건안칠자建安七子의 한 사람으로 명성을 떨치던 진림陳琳에게 명하여 조조의 악행을 낱낱이 열거한 격문을 초안케 했다. 그리고 작성된 격문은 곧바로 허도로 전해졌다.

두통으로 침상에 누워있다가 격문을 접한 조조는 갑자기 모골毛骨이 송연悚然해지며 온몸에 식은땀이 흘러내린다. 그리고 자신도 모르는 사이 앓고 있던 두통이 사라졌다. 조조는 병상에서 벌떡 일어나더니 조홍曹洪에게 누가 격문을 작성했는지 물었다.

"진림이란 자가 지었다고 합니다."

그러자 조조가 웃으며 말한다.

"글재주 있는 자 반드시 무략으로써 제도해 주어야 한다."

진림의 문장이 비록 훌륭하지만 원소의 무략이 부족하다며, 모든 모사들을 집결시켜 원소를 상대할 대책을 상의한다. 이것이 바로 그 유명한 '진림의 격문이 조조의 두통을 고쳤다'는 격의두풍檄醫頭風의 일화다.

훗날 조조가 기주를 공격하여 진림을 포로로 잡은 후 그에게 물었다.

"그대는 전에 격문을 쓰면서 나의 죄만 따질 것이지, 어찌하여 내 아버지와 할아버지에게까지 욕이 미치게 했는가?"

이에 진림은 떳떳한 태도로 대답한다.

"화살은 시위에 물린 이상 날아가지 않을 수 없는 법입니다."

한낱 글쟁이로서 자신의 진의에 관계없이 종종 글을 빌려주어야 하는 문사의 씁쓸한 처지를 화살에 비유하여 가볍게 자신의 책임을 벗어던진 재치 있는 대답이었다.

"나는 너와 너의 글을 이번에는 내 활시위에 메기려 한다. 원소를 위해 했던 것처럼 나를 위해서도 날카로운 화살이 되어 주겠느냐?"

그 재주가 아까웠던 조조는 그를 용서하고 사공군모좨주司空軍

謀祭酒로 삼아 문장 작성관인 기실記室을 관리하게 하였다.

이 부분에서 배송지의 주에 인용된 '전략'에서는 격의두풍檄醫頭風에 관해 다음과 같이 소개하고 있다.

"진림은 군중에 사용할 서신과 문서의 초고를 작성하여 태조에게 올렸다. 태조는 앞서 두통을 앓고 있었는데, 이날 병이 도져 누운 상태에서 진림이 지은 문장을 읽었다. 그런데 갑자기 일어나더니 말했다. '이 문장이 나의 병을 낫게 했구나.' 그리고는 여러 차례 두터운 상을 내렸다."

그러나 사서의 기록에 근거하면 진림이 지었다는 두통을 치료한 문장은 조조에게 귀순한 후의 일임을 알 수 있다.

시위에 걸린 화살 신세였던 당대의 명문장가 진림陳琳.

그 자신은 미려한 글재주로 한 시대를 풍미했지만 권력의 향배에 따라 스스럼없이 주인을 바꿔야 했다. 힘없는 문사의 처지가 오늘날 우리 시대에도 되풀이되는 듯하여 씁쓸하다.

유후留侯 장량張良

장량은 한고조 유방의 책사이자 꾀주머니다. 역발산기개세ヵ拔山氣蓋世의 항우를 물리치고 유방을 초한쟁패楚漢爭覇 최후의 승자로 만든 인물이다.

훗날 유방이 자신은 장량만 못하다고 하며 장량을 탁월한 책사이자 전략가로 회고했다.

자는 자방子房, 시호는 문성공文成公이며 한나라 명문 출신으로, 훗날 고조(유방)에게 책략으로써 세운 공을 인정받는다. 제나라에서 3만 호를 마음대로 택하라는 상을 스스로 사양하고 고조를 처음 만난 유留 땅을 받고 싶다고 하여 유후留侯에 봉해졌다. 황노(黃老, 황은 황제, 노는 노자를 의미)의 도道에 정통하여, 말년에는 "나는 신선이 될 게야"라며 일체의 곡기를 끊고 적송자赤松子를 따라 은거했다고 한다.

하루 한 끼, 저녁만 먹기 시작한 지 이제 6개월째다.

오후 진료 시 몸이 무겁고 부대껴 환자 진료를 하는데 지장을 주는 듯해서 아예 점심을 먹지 않았다. 이제는 점심시간이 되어도 공복감을 느끼지 않는다. 오후 진료 때도 좋은 컨디션으로 환자 진료에 최선을 다 할 수 있다.

내가 1일 1식을 시작한 한동안은 저녁때가 되면 배가 많이 고파 폭식을 하기도 했었다. 하지만 지금은 저녁 시간이 되어도 크게 공복감을 느끼지 못한다. 이대로라면 말년에 산에 들어가 곡기를 끊고 신선이 될 수도 있지 않을까?

지금으로부터 2천 년 전 나보다 먼저 살다 간 유후留侯 장량張良처럼….

생 사 한 끗 차

신생申生은 안에 있었기 때문에 죽음을 면치 못했고, 중이重耳
는 밖으로 나갔기 때문에 살아남다.

지금으로부터 약 천 년 전인 후한 말이었다. 나이 오십이 다
되어가도록 이렇다 할 기업基業도 없이 동가식서가숙東家食西家宿
하던 유비劉備가 형주자사荊州刺史 유표劉表에게 의탁하여 신야현
新野이라는 조그만 시골 마을을 얻어 다스릴 때의 이야기다.
  유비는 때마침 형주에 은거하고 있던 제갈공명을 얻어 천하웅
비天下雄飛를 위한 새로운 꿈을 꾸고 있었다. 유비를 같은 종씨라
고 동생처럼 대해주던 유표의 집안일에 어쩔 수 없이 휘말리게
되었다.

강하팔준江夏八俊이라는 세간의 칭송을 받던 형주자사荊州刺史 유표劉表에게는 이미 세상을 떠난 본처 소생의 맏아들 유기劉琦와 후처 채 씨에게서 얻은 유종劉琮이라는 두 아들이 있었다. 그런데 계모 채 씨가 자신의 아들 유종을 후사로 삼으려 맏이 유기를 해하려 했다. 유기가 생명에 위협을 느껴 평소 숙부라 부르며 따르던 유비에게 자신이 살아남을 방책을 알려달라고 매달렸다. 유비는 제갈공명을 유기에게 보내 그의 꾀를 빌려주게 하였다. 자신의 목에 칼을 겨누며, 목숨을 구할 계책을 알려주지 않으면 그 자리에서 자진하겠다는 유기의 협박(?)에 어쩔 수 없이 제갈공명이 한 가지 방책을 내 놓는다.

제갈공명은 '신생은 안에 있었기 때문에 죽었고 중이는 밖으로 나갔기 때문에 안전했다' 는 고사를 말한다. 덧붙여 강하를 지킬 사람이 없는데 가지 않는 이유를 묻는다. 군사를 이끌고 강하에 머무는 것이 그곳을 지키는 동시에 자신이 화를 피하는 것이라고 알려준다.

유기는 강하를 지키다 죽은 장수 황조 대신 자신이 강하를 지키겠다며 유표에게 허락을 구한다. 그래서 계모 채 씨의 독수를 벗어나 목숨을 부지했다는 공자公子 유기의 이야기다.

또 신생申生과 중이重耳의 고사故事도 있다.

신생과 중이는 형제로, 춘추전국시대 진晉나라 헌공獻公의 정실 소생이었다. 그러나 헌공이 여희란 여자에게 빠져 아들을 낳았다. 여희는 헌공의 총애를 믿고 자기 아들을 태자로 세우기 위해 그들을 모함하기 시작했다. 그때 둘째 중이는 다른 나라로 달아나고 태자 신생은 남아 있었다. 하지만 끝내는 여희의 참소를 견뎌내지 못하고 자살했다. 하지만 중이는 오랜 떠돌이 생활 끝에 돌아와 마침내 헌공의 뒤를 이었다. 그가 바로 뒷날 관중을 얻어 춘추의 다섯 패자 가운데 하나가 된 진문공晉文公이었다.

항상 하는 이야기지만 역사는 돌고 도는 법이다. 후한 말 공자 公子 유기도 그 옛날 춘추전국시대의 신생과 중이의 고사故事를 따라 자신의 목숨을 부지했다. 오늘날 우리가 사는 이 시대에도 이와 같은 일을 겪을 경우 옛 이야기들을 반면교사反面教師로 삼아 보자. 세상 살아가며 어떠한 어려운 일이 닥치더라도 슬기롭게 대처할 수 있지 않을까.

그래서 내 결론은 역사를 알고 과거를 알자. 그러기 위해서는 '책을 많이 읽자' 이다.

사랑모아 사람모아 발간을 축하하며

성교선
대구MBC, KBS대구방송총국 방송작가

백승희 원장님과의 인연은 내 기억만으로 따지면 악연에서 시작되었다. 모 대학원의 회보지를 만들기 위해 인터뷰 대상과 취재자로 만난 것이 우리 인연의 시작이었는데, 문제는 그 미팅을 잡는데 소요된 시간이 무려 20여 일이었다. 내 기억이 맞다면, 연락이 닿아 전화로 시간을 잡기까지 15일이 소요되었는데 겨우 잡은 수요일 미팅마저 다른 약속이 겹쳐 한 주뒤로 연기되면서 실제 만남까지 20여 일이 걸렸다. 그 와중에 회보 제작을 의뢰한 측에서 원고 닦달을 한 것은 당연히 예정된 수순이었다. 나는 이 인터뷰가 첫 시작부터 마음에 들지 않았다.

그렇게 허락된 진료실에서 40분 취재는 번갯불에 콩 볶아 먹듯 급히 진행됐는데, 처음부터 빨리 끝내겠다는 마음으로 임하는 내 불순한 의도와 달리, 이야기가 시작되면서 마음이 점점 누그러질 수밖에 없었다. 20여 일이나 걸린 일정 조율이, 사실은 시간을 쪼개고 쪼개야 가능할 만큼 원장님의 하루 일과가 빠듯하다는 것을 알게 되었기 때문이었다.

　7시 30분에 병원에 도착해, 8시가 되기도 전에 시작되는 진료, 점심
시간은 오전 예약 환자의 진료가 끝나야만 가능한 휴식 시간일 뿐, 환
자가 많으면 점심시간은 그냥 건너뛰기가 일쑤. 공식적인 오후 진료 2
시부터 다시 숨 돌릴 틈 없이 환자를 보면 6시 30분, 야간 진료라도 보
는 날은 9시를 넘기는 일상이 매일 반복된다는 원장님의 이야기. 수요
일 오후 휴진일 때는 봉사하러 대구며, 경주며, 달성을 빨간 가방을 들
고 다니신다고 하니, 입이 그냥 나도 모르게 쩍 벌어지고야 말았다.

　그때부터는 내 본업인 방송작가의 머리로 돌아와, 이 정도면 방송
아이템으로도 충분하겠다는 계산이 섰고, 당시 진행하던 방송이 수요
일 오후 녹화였는데 다행히도 원장님 휴진과 겹쳐 이것은 천우신조라
며 방송 출연을 요청하기에 이르렀다. 이후 방송 출연은 이전 인터뷰
와 달리 일사천리로 진행되었고, 그날 방송은 방송국과 병원의 전화
기를 2시간 이상 불통에 이르게 하는 메가히트급의 화제를 몰고 왔다.

　악연으로 시작한 인연이었지만 '인기 방송(?)'을 합작한 이후, 좋은
인연으로 방향을 틀게 된 원장님과 나의 연은 이후 내가 원장님이 설
립하신 복지재단의 직원으로 특채(?)되는 인생의 길을 바꾸는 계기가
되기도 했다. 십수 년이 넘는 방송작가의 업을 대신해, 다른 길을 과감
히 선택할 수 있었던 데는 옆에서 4년 이상을 목격한 원장님의 선한
실천과 나눔, 그리고 뱉은 말은 반드시 지키고 마는 엄청난 실행력을
확인했기 때문이다. 이뿐인가. 원장님의 굽은 어깨, 그리고 환자를 치
료할 때마다 사용하는 C-arm의 X레이에 노출돼 변형된 엄지손가락을
볼 때마다, 자신의 인생에 최선을 다해 살아가는 이보다 좋은 '인생의

멘토'를 만날 수 없으리라는 생각도 나를 새로운 길로 이끈 힘이었다.

악연의 끝은 좋은 인연이더라! 나는 원장님을 만날 때마다 인연에 대해 이리 정의한다. 그리고 원장님이 그러했듯, 나 역시도 한 사람의 인생을 바꾸는 좋은 인연이 되고자 노력한다. 그러한 좋은 인연의 연결고리를 만들어주신 백승희 원장님이 밤마다 적어 내려간 소박한 글들을 모아 수필집으로 내신다 한다. 아침마다 가장 빨리 SNS 소식을 올리던 백승희 원장님의 글에는 고개를 끄덕이게 하는 우리들의 이야기, 진한 사람 냄새가 배인 인간 백승희의 이야기를 함께 나누고 싶어 교정을 도우며 출판 작업에 기꺼이 동참했다. 그리고 그 시간이 내게도 큰 행복이었다.

오늘도 자신의 자리, 사람들로 발 디딜 틈 없는 대구 죽전동 동네 의사의 자리에서 최선의 치료로 환자를 대하는 의사 백승희 원장님. 하지만 원장님 앞에 붙는 수식어는 이뿐이 아니다. 하나 되는 공동체를 위해 나눔을 실천하는 자운복지재단 백승희 이사장님, 차세대 대한민국을 이끌 테니스 선수를 육성하는 백승희 대구테니스협회장. 그 외에도 경원고등학교 동창회장, 코리아 슈퍼보이 최두호 선수(이종격투기), 테니스 요정 장수정 선수의 후원자 등등…. 하지만 지금까지의 해온 일만큼 단기간에 열정과 애정을 다해 새롭게 얻은 타이틀, 저자 백승희! 이제는 이 새로운 수식어가 원장님의 인생을 더 풍요롭고 행복하게 할 것을 기대해 본다.